A lágrima do robô

CARLOS EDUARDO NOVAES

Ilustrador: ARTUR LOPES

O texto ficcional desta obra é o mesmo da edição anterior

DIRETOR EDITORIAL · Fernando Paixão
EDITORA · Gabriela Dias
EDITORES ASSISTENTES · Leandro Sarmatz e Fabricio Waltrick
APOIO DE REDAÇÃO · Pólen Editorial e Kelly Mayumi Ishida
PREPARADORA · Andréa Vidal
COORDENADORA DE REVISÃO · Ivany Picasso Batista
REVISORAS · Salete Brentan, Ana Luiza Couto, Denise Trevisan de Góes e Cátia de Almeida

ARTE
ILUSTRAÇÃO DA CAPA · Maurício Veneza
PROJETO GRÁFICO · Tecnopop
EDITORA · Cintia Maria da Silva
DIAGRAMADORA · Ana Paula Fujita
EDITORAÇÃO ELETRÔNICA · Estúdio O.L.M. e Exata

CIP-BRASIL. CATALOGAÇÃO NA FONTE
SINDICATO NACIONAL DOS EDITORES DE LIVROS, RJ

N815L
2.ed.

Novaes, Carlos Eduardo, 1940 -
A lágrima do robô / Carlos Eduardo Novaes ; ilustrações Artur Lopes. - 2.ed. - São Paulo : Ática, 2008
136p. ; il. - (Sinal Aberto)

Contém suplemento de leitura
Inclui apêndice e bibliografia
ISBN 978-85-08-10722-3

1. Robôs - Literatura infantojuvenil. I. Lopes, Artur. II. Título. III. Série.

06-3352.　　CDD 028.5
CDU 087.5

ISBN 978 85 08 10722-3 (aluno)
ISBN 978 85 08 10723-0 (professor)
Código da obra CL 735411
CAE: 212835 - AL

2022
2ª edição, 10ª impressão
Impressão e acabamento: Gráfica Paym

Avenida das Nações Unidas, 7221 – CEP 05425-902 – São Paulo, SP
Atendimento ao cliente: 4003-3061 – atendimento@atica.com.br
www.atica.com.br

CARLOS EDUARDO NOVAES

A lágrima do robô

sinal aberto

SUPLEMENTO DE LEITURA

Nome

Escola

º ano

editora ática

Aos poucos, os robôs vão substituindo os seres humanos nas fábricas. Um deles é Plínio, que acaba entrando na vida de Tavinho. O que ninguém sabia é que Barata, pai do garoto, foi um dos demitidos com a chegada do robô. Vamos relembrar essa aventura repleta de tiradas divertidas e de momentos emocionantes?

A. Robô × gente

1. Para o dono da montadora, os robôs eram superiores aos seres humanos. Qual a principal característica apresentada por eles e que tanto agradava ao empresário?

   ( ) Não tiravam férias, não faziam greve e não exigiam receber salários.

   ( ) Eram recicláveis.

   ( ) Podiam ser desligados no fim do dia, o que representava economia de energia elétrica.

   ( ) Não faziam fofoca dos colegas, não bajulavam os chefes e não sabotavam uns aos outros para serem promovidos.

2. Na fábrica, um operário se revolta com a indiferença de Plínio diante de tantas demissões e o responsabiliza por isso. Assinale os comentários que achar apropriados em relação a essa passagem:

   ( ) Ele atribui uma responsabilidade que um robô não pode ter, já que é uma máquina incapaz de agir por conta própria.

   ( ) É condenável o comportamento de Plínio ao não se comover com o desemprego causado por sua chegada à fábrica.

   ( ) Plínio é incapaz de avaliar o mal que significa estar desempregado porque essa experiência ainda não faz parte de sua existência.

3. Em muitos momentos da narrativa, vemos o desconhecimento de Plínio sobre coisas que para nós, humanos, são óbvias. Cite três exemplos.

4. Quando Plínio é **flagrado** sentado no vaso sanitário, isso para a família de Tavinho é sinal de que...

( ) O robô passou a ter necessidades fisiológicas.

( ) O robô finalmente aprendeu que o vaso é o lugar para suas necessidades fisiológicas.

( ) Ele está confuso, ou seja, acreditando no próprio disfarce de anão humano.

5. Ao longo da história, muitos personagens deram sua **opinião** sobre os robôs. E para você: o uso desses seres artificiais é **benéfico** ou **nocivo** para a sociedade?

B. A história em detalhes

6. No início da narrativa, o autor escreve que **esta não é uma história** do "Era uma vez", mas do "Será uma vez". **Por quê**?

Sobre homens e robôs

Será que um dia as máquinas vão **substituir os seres humanos** em todas as atividades?

Ainda é cedo para responder a essa pergunta, mas Plínio, um robô, foi construído para trabalhar numa montadora de automóveis, causando a **demissão** de vários trabalhadores. Entre eles, Barata, o pai de Tavinho, um garoto de 12 anos apaixonado por robôs.

Mas como **tudo na vida se transforma** – inclusive na vida dos robôs –, depois de dois anos de trabalho, o próprio Plínio é considerado obsoleto. E, para sua decepção, é vendido a uma metalúrgica que produz carrinhos de supermercado.

Surpresas acontecem, porém. As vidas de Plínio e de Tavinho se cruzam inesperadamente quando o menino encontra o robô perdido e avariado, após cair do caminhão que o levava para seu novo local de trabalho. Para desespero de Barata – que tem verdadeiro ódio desses **seres artificiais** –, Tavinho leva o robô para casa.

O que nem Plínio nem Tavinho desconfiam é que há um detetive no rastro da máquina – e logo um monte de **confusão** (além de uma **malandragem** espertíssima do garoto) vai tomar conta da vida de robôs e seres humanos.

No fim do livro, o autor de *A lágrima do robô*, Carlos Eduardo Novaes, fala sobre seu trabalho em uma entrevista exclusiva.

Não perca!

- *Os problemas sociais causados pela automação industrial.*
- *A engraçada história de uma família às voltas com autômatos.*

Esta obra é dedicada aos meninos e meninas de hoje, que, quando crescerem, vão ter que disputar seus empregos com os robôs.

Este é, portanto, um livro sobre o futuro e, desse modo, não poderia começar com a clássica expressão "Era uma vez...".

I

Será uma vez...

Um robô com cabeça, tronco, membros, visão periférica e sensores de voz, densidade, temperatura e raciocínio elaborado.

Seu nome é Plínio. Ele mede um metro e quarenta e oito centímetros e pesa cinquenta quilos. Apesar de todos os avanços da ciência, ele continua, como seus ancestrais, desconhecendo emoções e sentimentos. Não ri, não chora, nunca sente raiva, vergonha ou tristeza, ignora os afetos, não sabe o que é medo nem compaixão. É pura lógica.

Plínio veio ao mundo por obra e graça de uma multinacional japonesa instalada no interior de São Paulo, e não demorou a conseguir emprego em uma montadora de automóveis no estado do Rio de Janeiro. Trabalha feito um condenado, executando suas doze tarefas diárias sem pausas nem intervalos. Em compensação, ao ouvir a sirene da fábrica, interrompe o que estiver fazendo — seja lá o que for — e para de estalo. Não move mais um dedo.

Aconteceu um dia, porém — vale a pena contar —, o *timer* de Plínio enguiçou. A sirene tocou, as máquinas pararam, os operários foram para casa e ele continuou sozinho, realizando suas tarefas. Deu o maior prejuízo à montadora.

— Ficou louco? — perguntou-lhe o gerente Barbas, observando os estragos.

— Ninguém mandou parar — respondeu Plínio, com sua voz metálica. — Cumpro ordens. Apenas cumpro ordens.

— Pois se fizer outra dessas mando você para o ferro-velho! — ameaçou o gerente, reiniciando seu código de programação.

O ferro-velho é o inferno dos robôs.

Plínio, como todo autômato, é de poucas palavras. Educado, cumprimenta a todos na fábrica, mas percebe-se que tanto ele quanto seus companheiros de metal são tratados com certo menosprezo pelos operários de carne e osso. Dizem que os humanos sentem uma ponta de inveja dos robôs, que não precisam esquentar a cabeça com dívidas e contas a pagar no fim do mês.

As duas tribos não se misturam. Têm chefes diferentes, alojamentos distintos e só não se sentam em mesas separadas no refeitório porque os robôs, sem aparelho digestivo, não frequentam o local.

Na única vez em que se enfrentaram, num campo de futebol, o jogo não chegou ao final. Diga-se, desde logo, que os robôs mantiveram um comportamento quase exemplar: não reclamavam das expulsões, nem de pênaltis mal marcados (o juiz era de carne e osso), não faziam "cera" nem se adiantavam na barreira. Em contrapartida, saíam chutando tudo o que aparecia pela frente. Por isso, o time dos operários, mais "técnico", acabou perdendo a cabeça e partindo para a briga.

— Vem! Cai dentro, se você é homem!

— Eu não sou homem. Não sou!

— Você é uma bichona mal-acabada!

— O que é bichona? O que é?

Os humanos encheram os robôs de porrada, arrebentando-os, espalhando seus braços e suas pernas pelo gramado. Só interromperam a pancadaria quando um diretor invadiu o campo aos berros:

— Para! Para!

E dirigindo-se aos operários:

— Vocês querem levar a fábrica à falência? Sabem o quanto pagamos por esses robôs?

E saiu catando os pedaços, acompanhado de seus assistentes.

Na lateral do campo, um operário de carne e osso gemia de dor, sem receber nenhuma atenção.

2

Plínio é produto da terceira geração de modelos articulados, chamados de androides. Chegou à montadora para substituir os velhos robôs, que mais pareciam animais pré-históricos, formados por um tronco sem cabeça e longos braços com garras nas extremidades.

No dia de sua chegada, foi escolhido ao acaso para comparecer à sala do presidente da empresa, que queria exibir os "novos operários" à diretoria. Plínio entrou com seus passinhos curtos, levado por Barbas, e logo se percebeu no centro das atenções. Entre encantados e surpresos, os diretores olhavam-no como a um marciano.

Do ponto de vista do pequeno Plínio, no entanto, aquelas figuras enormes, cheias de pelos e dentes, é que pareciam seres de outro planeta, dentro de roupas esquisitas, uma tira de pano amarrada no pescoço, alguns com armações de vidro na frente dos olhos, movendo-se sem nenhuma coordenação. A um canto, uma figura diferente, cara pintada, cabelos longos, pernas à mostra, equilibrando-se sobre estranhos calçados de salto alto.

Era a Mulher, como Plínio veio a saber mais tarde, a parceira do Homem desde... como era mesmo o nome do casal? Ah, Adão e Eva! Entre os autômatos não havia sexo, de modo que o robô demorou um pouco a entender essa coisa de masculino e feminino.

2

Parado no meio da sala, Plínio ouvia o presidente discorrer sobre os avanços da automação na empresa. Falava, entusiasmado, sobre a redução dos custos e o aumento da lucratividade proporcionados "por esses operários fantásticos que não tiram férias, não fazem greve e — o melhor — não reivindicam salários".

Aí aconteceu algo que mexeu com os parafusos de Plínio. Os diretores riram muito dos comentários do presidente, e o robô não entendeu o significado daquelas bocas se abrindo, daqueles dentes expostos, em reações ruidosas. Plínio desconhecia o riso.

— Eles estão passando mal? Estão? — perguntou Plínio a Barbas.

— Pelo contrário. Estão na maior alegria com a sua chegada.

— O que é alegria? O que é?

— É uma sensação boa...

— Todo mundo está na maior alegria com a minha chegada? Está?

— Nem todos, Plínio, nem todos.

3

Ao deixar a sala, Plínio passou por um outro grupo de homens, de cores variadas — uns mais claros, outros mais escuros —, diferentes daqueles que encontrou na presidência, todos brancos. Amontoados diante do Departamento do Pessoal, esses homens não usavam roupas esquisitas, não expunham seus dentes nem emitiam sons do tipo "ha! ha! ha!".

— Isso não é justo! — esbravejava um deles. — Dei os melhores anos da minha vida para essa fábrica. Tenho 46 anos, estou cheio de dívidas... Onde vou arranjar outro emprego para sustentar minha família? Tenho mulher, dois filhos, um sogro entrevado. Isso é uma grande sacanagem!

— Esses não ficaram nada alegres com sua chegada — cochichou Barbas a Plínio.

— Mas, se são todos da mesma espécie, por que uns ficam alegres e outros não? Por quê? — perguntou Plínio, na sua lógica de androide.

— Porque nós, humanos, somos muito diferentes uns dos outros.

— Mas nós, robôs, também temos nossas diferenças. Também temos!

— Sim, como os modelos de fogão, geladeira, televisor...

— Você está me comparando a um eletrodoméstico? Está?

— Esquece, Plínio. Você veio para trabalhar, não para filosofar...

O robô continuou caminhando. Observou uma gota deslizando pelo rosto do operário indignado, mas achou que talvez tivessem colocado óleo demais nas suas juntas.

4

Apesar da longa viagem de caminhão do interior de São Paulo até o Rio de Janeiro, Plínio foi levado ao galpão de montagem e logo começou a dar duro. Essa era outra das mil e uma vantagens dos robôs sobre os humanos: não conheciam o cansaço.

Plínio ficou morando na fábrica, de onde não saía nem nos feriados prolongados. Levava uma vida semelhante à daqueles monges capuchinhos que jamais deixam o convento. Ninguém precisava procurá-lo pelos alto-falantes: ou estava na área de montagem ou no alojamento dos robôs, louco para ouvir a sirene e voltar ao trabalho.

No alojamento havia um silêncio de cemitério. Os robôs não conversavam entre si — "Não somos *chatbots*!" (robôs de bate-papo) —, não se interessavam por rádio, televisão nem computação. No dia em que o diretor de Recursos Inumanos, preocupado com aquele ambiente sem alegria, resolveu instalar um equipamento de som para diverti-los, Plínio e seus companheiros, em vez de escutarem os CDs, mastigaram-nos — "São bolachas? São?" — e desmontaram o aparelho todinho.

Sua rotina na fábrica era somente trabalho. Não se distraía, não ia ao banheiro, não falava ao telefone, não pedia para sair mais cedo, mesmo porque não tinha para onde ir.

Nos fins de semana, enquanto os operários de carne e osso relaxavam em casa, fazendo churrasco ou passeando com a família, Plínio podia ser visto na sala de manutenção submetendo-se a um *check-up*. Os robôs têm uma saúde de ferro (literalmente), de modo que, após algum reparo, retornavam rapidamente à produção, como se nada tivesse acontecido. Eram bem diferentes dos operários de macacão, que, ao se submeterem a qualquer conserto, por menor que fosse, recorriam à licença médica. Os acidentes de trabalho eram mais comuns entre os humanos, embora às vezes envolvessem também os autômatos, que não entendiam o escândalo que os operários faziam só porque perdiam um dedinho na serra elétrica.

O presidente exaltou essas qualidades dos robôs no discurso de boas-vindas.

5

Não demorou muito para Plínio perceber que, a cada novo robô empregado, alguns humanos desapareciam da linha de produção. "Para onde será que vão essas pessoas?", perguntou-se, sem demonstrar um pingo de preocupação, porque não tinha noção do que significava desemprego. Na sua lógica robótica, o mundo era dos humanos, e eles não iriam prejudicar uns aos outros para beneficiar os autômatos, comparados a reles eletrodomésticos.

Certo dia, no galpão de montagem, um operário, revoltado com a indiferença de Plínio diante de tantas demissões, olhou-o de modo desafiador e disse:

— Quer saber para onde vão esses operários que desaparecem da fábrica?

— Vão pra casa? Vão?

— Vão para a fila do desemprego! — berrou.

— E isso é ruim? É ruim?

— É o que de pior pode acontecer a um trabalhador!

— Por que você está me dizendo isso? Por quê?

— Porque você é o responsável!

— Eu? Eu? Eu?

— Você e todos esses malditos robôs!

— Eu não! Não! Só faço meu trabalho! Só!

— Pois saiba que seu trabalho é o nosso desemprego!

— Sinto muito. Muito.

— Sente nada. Tenho observado você. Nem fica chateado!

— O que é "ficar chateado"? O que é? É como "ficar alegre"?

A partir daquele momento, Plínio entendeu melhor o que Barbas quis dizer com a diferença entre os seres humanos. Eles não se ajudavam, competiam entre si e nas relações de trabalho. A alegria de uns quase sempre era a tristeza de outros, constatação que não mudou em nada sua vida sem sentimentos.

6

Ao final do seu primeiro ano na empresa — na festa para os empregados —, Plínio recebeu o título de operário-padrão, competindo inclusive com colegas de carne e osso. Ganhou como prêmio uma revisão completa, com direito a lubrificação e reaperto das juntas. Em seu discurso (um discurso sem emoção, é claro) expressou sua gratidão à montadora, que considerava não a sua segunda, mas "minha primeira casa".

O que Plínio ignorava é que os robôs — mesmo os premiados — também não tinham emprego garantido. Com pouco mais de dois anos de fábrica, ele foi considerado velho e ultrapassado. Suas doze funções já não atendiam mais às exigências das modernas tecnologias. Muitas dessas funções haviam sido desativadas por causa das mudanças nas linhas de montagem. Outras tornaram-se tão elementares que podiam ser executadas por qualquer cão-robô, desses comprados em lojas de departamento.

Plínio, entretanto, não se sentia velho. Nem sabia o que era isso. Um funcionário do Almoxarifado explicou-lhe que a velhice aparecia nos cabelos brancos e nas rugas do rosto, o que o confundiu mais ainda. Plínio era descalvado e, ao se examinar no espelho, não via nenhuma mudança na sua cara.

Coube a Barbas comunicar a Plínio seu desligamento da fábrica. É sempre difícil ter que dispensar alguém, mesmo um robô sem família nem sentimentos, de modo que o gerente preferiu dizer-lhe que estava sendo aposentado.

— O que é aposentado? O que é?

— É parar de trabalhar para gozar a vida, meu amigo!

— E quem goza a vida trabalhando? Como é que faz?

O gerente não soube responder e desconversou:

— Você vai poder ficar de papo pro ar o dia todo.

— "Papo pro ar"? Vou acabar enferrujando...

Essa é mais uma das muitas diferenças entre autômatos e humanos. Entre os autômatos é o trabalho que dá sentido às suas existências. No caso dos humanos, uma gorda mega-sena os faria rapidamente abandonar o batente para botar seu papo pro ar.

A sucessão de argumentos do robô embaralhava a cabeça de Barbas.

— Você vai se livrar dessa sirene irritante, Plínio.

— Não é irritante. Ela é parte da minha vida.

Sem paciência, o gerente resolveu ser direto e contar a verdade:

— O fato é que você ficou obsoleto, meu caro!

— Obso... o quê?

— Obsoleto, fora de uso. A fábrica decidiu trocá-lo por um robô que executa funções mais complexas.

— Posso aprender funções mais complexas. Não posso?

— Não é só isso, cara. Olha lá!

Barbas apontou para o autômato que entrava na sala do presidente. Comparando-se a ele, Plínio sentiu-se tão insignificante quanto uma chave de fenda. O novo funcionário podia ser confundido com um humano. Com cerca de um metro e oitenta e cinco centímetros de altura, corpo de "Robocop", lataria

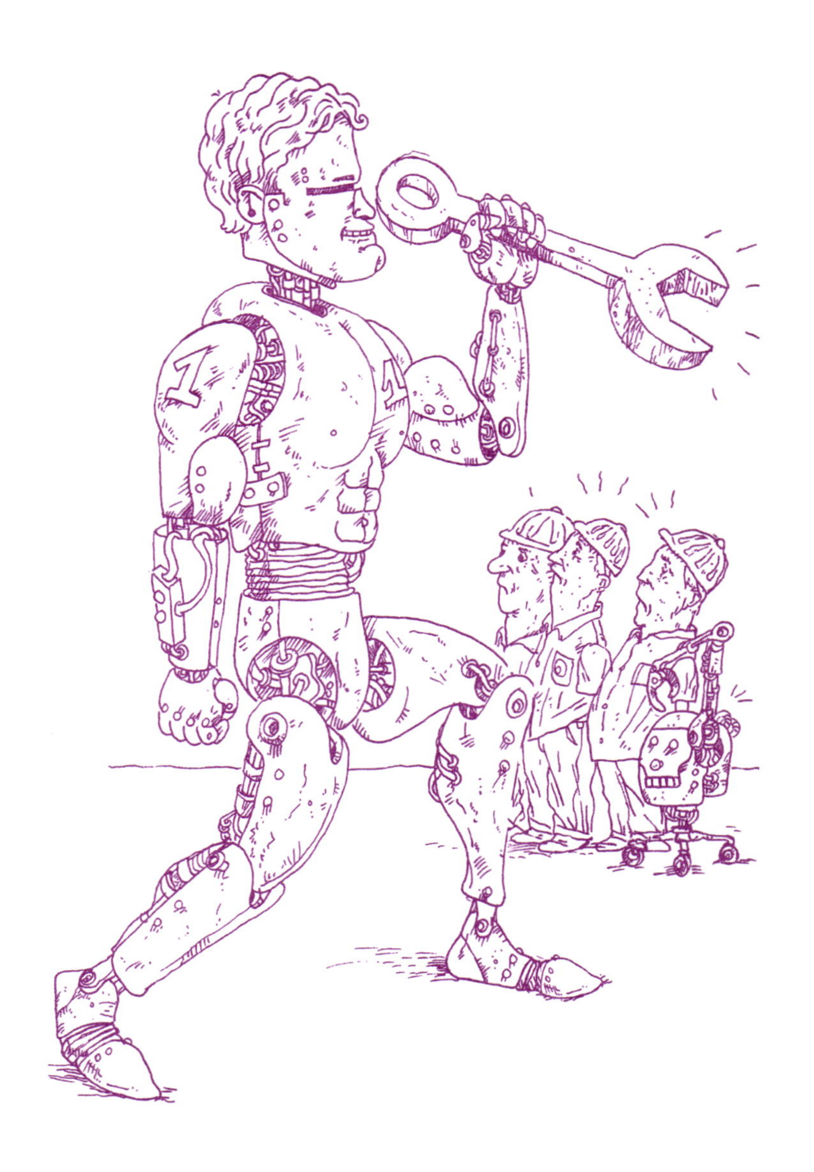

impecável, exibia uma jovem face humana, cabelos fartos e olhos azuis. Plínio só acreditou tratar-se de um semelhante ao observar seu inconfundível jeito de andar e mexer os braços. Naquele instante o robozinho admitiu-se um velho.

Quantas emoções não permeariam um operário de carne e osso naquele doloroso processo de demissão? Pois Plínio apenas seguiu Barbas até o alojamento. Sem que o robô percebesse, o gerente, sentindo-se tal qual um carrasco, clicou o *off* nas suas costas. Na manhã seguinte, ao ouvir o som da sirene, o robô não saiu do lugar. Todas as funções que normalmente executava vieram-lhe à cabeça, mas seu corpo não se movia; braços e pernas estavam inertes, não respondiam aos comandos. Ele só conseguia pensar em como seria ficar de papo pro ar num ferro-velho.

Levado ao pátio, foi colocado, junto com os outros robôs de sua geração, na carroceria de um caminhão que os transportaria para uma dessas metalúrgicas de subúrbio. Plínio havia sido vendido. Deixava a linha de montagem de carrões do ano para trabalhar na produção de carrinhos de supermercado.

No meio do caminho, o motorista fez uma manobra mais brusca e Plínio despencou da carroceria.

7

O garoto Tavinho era alucinado por robôs. Chegou a ter um, que ganhou de presente quando fez oito anos de idade. O robô, porém, teve vida curta: foi se meter com o *pit bull* do vizinho e acabou aos pedaços. Tavinho nem chorou sua perda, porque o autômato mais parecia um brinquedo: trinta centímetros de altura, dois quilos, esferas no lugar das mãos, movimentando-se sobre rodinhas. Além do que, era muito "burro". Limitava-se a anunciar a previsão do tempo e não acertava nunca.

O garoto curtia sua paixão na oficina de João Lopes, um dos maiores conhecedores de robôs da cidade. Consertava qualquer modelo, de qualquer geração, adaptando sensores (ultrassônicos, inclusive), câmeras, microfones, alterando códigos e trocando programas. O menino passava horas observando o técnico concentrado no trabalho e sentia-se realizado quando era chamado a colaborar: "Tavinho, pega aquele motor para mim".

A oficina ficava no segundo andar do "Roboshopping", um prédio futurista, cheio de luzes e fumaça de gelo seco, inteiramente dedicado aos autômatos, que podiam ser vistos nas vitrines, nos corredores e em alguns ambientes de trabalho. Muitos trabalhavam como ajudantes de garçom na praça de alimentação.

Havíamos chegado a um tempo em que os androides não chamavam mais a atenção, misturando-

-se aos seres humanos na paisagem urbana. Tinham se tornado tão comuns quanto os celulares no passado, e o que mais se via nas propagandas de jornais e televisões eram empresas multinacionais anunciando seus mais recentes lançamentos. Robôs de todos os tipos, para todos os gostos, idades e funções, em impressionante variedade e quantidade. Tavinho dizia que, se algum dia esses autômatos se revoltassem, tomariam o poder no mundo.

Multiplicavam-se as lojas especializadas. Robôs para fins militares (todos de fabricação americana); robôs de serviço; robôs de trabalho (para as áreas industrial e comercial); robôs agrícolas (que tomaram o lugar dos boias-frias); robôs esportivos que jogavam qualquer coisa, ao gosto do freguês; robôs de entretenimento, que sapateavam, recitavam poesias e contavam piadas; e, entre muitos outros, robôs pessoais, que podiam se comportar tanto como secretários quanto como amigos. Era com um desses que o menino sonhava, para fazer dele companheiro de conversas e parceiro de xadrez.

Tavinho vinha pela beira da calçada pensando no robô ideal para seu avô, um modelo que saía da fábrica com oitenta anos de idade — uma novidade! — e só falava dos bons tempos de antigamente, quando não existiam autômatos. A robótica havia alcançado tamanho nível de sofisticação que alguns androides se davam ao luxo de sentir saudades de uma época em que o mundo era só dos humanos.

O menino caminhava distraído e levou um baita susto ao perceber um corpo caindo de um caminhão, deslizando alguns metros, soltando faíscas no asfalto e parando aos seus pés. Tavinho conferiu e não acreditou no que viu. Era um robô!

Olhou para o céu e se perguntou: "Será que Deus ouviu minhas preces?".

8

Passados o susto e a surpresa, o garoto ajoelhou--se para verificar se o robô continuava inteiro. Aparentemente, nenhuma fratura, nenhum arranhão, nenhuma peça perdida. O androide moveu o corpo, deitado no asfalto, olhou para os lados e, sem entender o ocorrido, perguntou se havia chegado ao ferro--velho.

— Você caiu do caminhão — disse o menino. — Tudo bem?

— Tô aposentado. Aposentado.

O garoto ergueu o olhar e se viu cercado por uma pequena multidão, que fazia aqueles comentários típicos dessas ocasiões.

— Puxa! Um robô! Nunca tinha visto um desses! — disse um entregador de *pizzas*.

— É um modelo antigo — explicou um universitário.

— Esses robôs mudam todos os dias — gemeu uma senhora.

— Ele não parece bem — comentou um senhor. — Não é melhor chamar uma robolância?

— Vamos retirar suas peças e dividir entre nós!

— É isso aí! Pode dar uma graninha.

Tavinho reagiu à proposta, protegendo o robô com os braços:

— Negativo! A gente não pode fazer isso! Esse robô tem dono!

O motorista não havia se apercebido da queda de Plínio, e o caminhão desaparecera no meio do trânsito. As pessoas se dispersaram, algumas desanimadas por terem sido impedidas de esquartejar o robô. Tavinho ajudou Plínio a se levantar e conduziu-o a uma mureta num canto da calçada.

— O que você fazia naquele caminhão? — o menino estava curioso.

— Não sei. Fiquei obsoleto. Completamente obsoleto.

— Estava sendo levado para o ferro-velho?

— Pra onde vai um robô velho e obsoleto? Pra onde?

— O que você fazia antes de ficar obsoleto?

Antes que Plínio pudesse responder, passaram vários carros de polícia, em comboio, com a sirene ligada. O robô enlouqueceu ao ouvir aquele som familiar e começou a andar em círculos, falando sem parar: "Preciso ir trabalhar. Trabalhar. Preciso ir trabalhar...".

O menino perguntava aflito:

— Onde? Onde você precisa trabalhar?

— Trabalhar. Trabalhar. Tenho que trabalhar!

A queda devia ter avariado algum mecanismo, que disparou com a sirene dos carros. O robô se repetia como um disco quebrado. Tavinho percebeu que seria inútil tentar prosseguir com a conversa e carregou Plínio para a oficina de João Lopes.

O técnico logo identificou o robô ao deitá-lo na "sala de cirurgia":

— Trata-se de um modelo industrial PK40, lançado pela Sony há três anos. Fez muito sucesso nas montadoras de automóveis, mas envelheceu e está sendo aproveitado para tarefas menores...

— Quer dizer que é um robô de trabalho?

— Exatamente. Nada a ver com o robô pessoal. Esse aqui só pensa em trabalhar. Vai lhe encher o saco!

— Não dá para adaptá-lo, João?

— Posso tentar. Às vezes a gente troca um sensor, um *software* e eles respondem bem.

— Então quebra esse galho pra mim! — implorou o menino. — Realiza o sonho do seu amigo, vai...

João Lopes esboçou um sorriso de concordância:

— Só que quando você for devolvê-lo ele não desempenhará mais as doze funções para as quais foi programado.

— Devolvê-lo? Nem sei para quem! — reagiu o menino, já se sentindo dono. — Ele está obsoleto. Ia pro lixo!

9

Na delegacia, Barbas, o gerente da montadora de carros, dava queixa do sumiço de um robô.

Para o policial aquilo não era novidade. O desaparecimento de robôs estava se tornando cada vez mais frequente, e as páginas dos jornais viviam cheias de fotos de autômatos desaparecidos. Em alguns casos, havia até uma boa recompensa para quem os devolvesse "em bom estado".

— Como foi que ele sumiu? — perguntou o delegado.

— Não faço ideia, doutor.

Barbas tentou explicar o que, para ele, era inexplicável. O carregamento de robôs saiu completo da montadora e chegou com menos um à metalúrgica. Sumiu logo o mais competente e inteligente do grupo.

— Terá fugido?

— Bem, ele achava que estava a caminho do ferro-velho...

— Talvez tenha pulado fora quando o caminhão parou em algum sinal vermelho — conjeturou o delegado.

— Pode ser. O que sei é que, se o robô não aparecer, o prejuízo vai ser meu.

O delegado balançou a cabeça:

— Então é melhor você já ir assinando o cheque, meu caro. Robôs raramente são encontrados. Não deixam documentos nem marcas de sangue. Você já ouviu falar na FLHU?

Para não parecer uma pessoa desinformada, Barbas respondeu que "vagamente". O delegado explicou que FLHU eram as iniciais da Frente de Libertação dos Humanos, um movimento clandestino de desempregados que surgiu nos Estados Unidos e criou ramificações em todo o mundo. No Brasil ainda era pequeno e desorganizado, mas tinha feito alguns estragos isolados (menos do que lhe atribuíam). O objetivo da frente era eliminar os robôs da face da Terra.

— Que maldade! Por que isso? — perguntou o gerente.

— Quando os robôs tomarem seu emprego, você vai saber!

Segundo o delegado, a FLHU raptava os autômatos, desmontava-os e vendia suas peças para o Paraguai, em um contrabando que financiava o movimento.

— Estamos atrás desses terroristas, mas não é fácil pegá-los. São pessoas decentes, com família constituída, filhos na escola, gente sem antecedentes criminais. Se eles botaram a mão no seu robô...

— Deus o livre e guarde!

— Outro dia encontramos um cemitério de robôs. Tinha para mais de cinquenta carcaças...

— Espero que ele não tenha caído na mão dessa gente.

O gerente gostava de Plínio desde que o levara à sala da presidência da montadora. Gostava de graça, porque o robô, sem sentimentos, jamais retribuiu qualquer gesto de afeto ou amizade.

O delegado não tinha tempo para lamentações e despachou Barbas:

— Avisarei, se tivermos novidades. De qualquer modo, é bom correr atrás, porque a Polícia já não tem mais efetivos para dar conta de tantos problemas.

Barbas deixou a delegacia e foi bater no escritório de seu primo, Rolando, detetive particular.

10

Em casa ninguém acreditou na história do menino.

— É verdade! — insistiu ele. — O robô caiu bem nos meus pés...

— Caiu de onde? Do céu? Conta outra, Tavinho! — gozou a irmã Patrícia.

— Deve ter se espatifado todo! — concluiu dona Aurora, sua mãe.

— Não, não! Só machucou um pouco. Deixei-o na oficina do João Lopes.

— Sua intenção é a de devolvê-lo depois? — perguntou a irmã, mordaz.

— Não sei quem é o dono.

— Nem vai procurar saber... — Pat conhecia o irmão.

— Por enquanto ele vai ficar aqui.

— O quê? Vai ficar morando com a gente? — pulou a mãe. — Não senhor! Era só o que me faltava! Um robô andando pela casa!

— Ele é pequenininho, mãe. Parece um anão. Não vai incomodar. Robô só faz o que a gente quer.

— Não sei não! — interveio o avô Juca. — Você lê todos os dias nos jornais sobre robôs que enlouquecem e saem quebrando tudo. Não se lembra daquele que estrangulou um carteiro lá em Caxias?

— Não, senhor! — emendou dona Aurora. — Não vou ficar convivendo com um homenzinho horroroso dentro de casa.

— Já imaginou acordar à noite e dar de cara com um "bicho" desses no escuro? — completou o avô.

Tavinho fez cara de choro:

— Ah, mãe! Deixa, vai! Todos os meus amigos têm um robô!

— Deixa, mãe! — reforçou a irmã. — O Tavinho vai tomar conta dele!

— Então vamos fazer o seguinte — propôs a mãe, que não era de ferro. — Vamos deixá-lo aqui por um período experimental. Se ele se comportar direito, fica. Caso contrário... rua!

Tavinho jogou-se no pescoço de dona Aurora e cobriu-a de beijos.

O menino não tinha muita noção das dificuldades que sua família atravessava. O pai, Barata, metalúrgico, estava desempregado havia meses; a irmã, Patrícia, bem mais velha que Tavinho, formada em Psicologia, aguardava que alguém respondesse ao currículo que distribuíra por toda a cidade; o avô, aposentado, que ganhava um troco como guia turístico do Rio Antigo, quebrou o colo do fêmur e se recuperava em uma cadeira de rodas.

Quem vinha botando algum dinheiro dentro de casa era dona Aurora, com seus quitutes, que Maria, a velha empregada, vendia nas ruas e nas praias. Só que Maria tinha adoecido: precisava de um fígado novo e foi aguardar o transplante na casa das irmãs, no interior. Ou seja, dona Aurora estava acordando às cinco da matina para fazer suas empadinhas e depois ainda ia à luta para vendê-las. Era uma guerreira!

Barata passava o dia fora, procurando emprego. De vez em quando "pintava" um biscate de torneiro mecânico na vizinhança; às vezes ganhava uma merreca substituindo outro companheiro desempregado que se virava como anotador de jogo do bicho. Ao chegar a casa naquela noite e ouvir da mulher a história do robô, disparou como uma flecha para o quarto do filho:

— Pode desistir! Pode desistir dessa ideia, Tavinho!

— Mas, pai...

— Não tem mas, nem meio mas! — atropelou. — Eu odeio robôs! Não posso nem olhar pra cara deles!

— Mas... por quê, pai? Eles não fazem mal a ninguém...

— Você é que pensa! Eles estão desempregando todo mundo! Eu fui dispensado da montadora por causa deles! São a maior praga da humanidade! Robô, aqui em casa, só passando por cima do meu cadáver!

Tavinho engoliu em seco. Dizer o quê? Quando o pai deixou o quarto, atrás da janta, o menino se lembrou de João Lopes informando que Plínio era um robô usado em montadoras de automóveis. O pensamento seguinte não podia ser outro: "Será que foi o Plínio que tirou o emprego do papai?". Tavinho se recusava a acreditar:

— Isso é coincidência demais! É coisa de telenovela!

II

O detetive Rolando abriu uma nova pasta, deu-lhe o nome de "Operação Plínio" e iniciou os trabalhos. Sua primeira providência foi pedir fotos e um histórico do "operário" (data de "nascimento", marca, modelo, funções que desempenhava etc.). Depois, solicitou a Barbas um relato minucioso do trajeto do caminhão da montadora até a metalúrgica.

De posse do mapa, passou na delegacia, onde foi informado de que, em um determinado trecho do percurso feito pelo robô, tinha havido um confronto entre bandidos e policiais, com muito tiro e perseguição. Os marginais só fugiram depois que chegou um comboio de carros da PM.

Rolando procurava um ponto de partida para suas investigações. Tudo o que tinha nas mãos era a rota do caminhão, de uns doze quilômetros. Estava disposto a percorrer cada metro fazendo perguntas, mas as informações do delegado levaram-no a mudar de rumo. Resolveu, então, dar um pulo no batalhão da PM e entrevistar os policiais que participaram do comboio.

— Olhei de relance — disse um cabo. — Não deu para ver direito, mas me pareceu um anão...

— Um anão, ahn!? — repetiu Rolando, com uma expressão característica dos detetives. — Por que lhe pareceu um anão?

— Não posso jurar. Ele estava atrás de um rapaz,

e nós vínhamos em alta velocidade, com as sirenes ligadas...

Um outro policial enriqueceu a informação:

— Não sei se era uma pessoa... É estranho... Havia um reflexo muito forte, como se o Sol estivesse batendo num metal...

— Batendo num metal? Ahn! — disse o detetive. — Você diria que poderia ser... um robô?

— Com certeza!

— O que lhe dá essa certeza, ahn?

— Era um tipo pequeno, baixinho. Tanto podia ser um anão, como uma criança... ou um robô!

Rolando encontrara o fio da meada. Seguiu para o local indicado pelos policiais.

12

João Lopes ligou da oficina para dizer que Plínio estava pronto, reprogramado. Tavinho nem reagiu. Deu uma desculpa — "Estou em provas" — e respondeu que qualquer dia desses passava lá para pegar o robô. O menino estava arrasado. Chegou a recorrer à mãe para que ela intercedesse junto ao pai. Barata, porém, mostrava-se irredutível:

— Aurora, nem vem! Você sabe que detesto essas máquinas metidas a besta. Se Tavinho aparecer aqui com ele, vou reduzi-lo a sucata — e afastou-se para atender o telefone.

Barata vinha recebendo uns telefonemas estranhos. Toda vez que seu celular tocava, ele se afastava, como se não quisesse que as pessoas ouvissem sua conversa. Uma conversa monossilábica, em que ele mais ouvia do que falava. Quando a mulher perguntava quem era, Barata respondia: "É lá do Sindicato", e mais não dizia.

Tavinho também apelou para o avô, Juca, que saiu pela tangente. O velho nunca se afinou com o genro, e volta e meia os dois se atracavam em inflamadas discussões sobre trabalho e movimento sindical. As dificuldades entre eles vinham desde o namoro de Aurora com Barata, que Juca combateu por considerar que a filha de um professor de História não poderia se casar com um metalúrgico. O velho disse a Tavinho que não iria se meter. Não tinha a menor simpatia pelos robôs, e justificou-se:

— Sou de uma geração em que eles só existiam na ficção científica.

— Pois hoje eles estão por todo canto. Tem até *point* de robôs no Baixo Gávea!

— Não adianta. Não me acostumo com essas "latas falantes" — retrucou.

— Eles são muito úteis, vô. Plínio é bonzinho; vai empurrar sua cadeira de rodas — o menino tentava "ganhar" o velho.

— Empurrar pra onde? Nunca vi um robô bonzinho. Robô não tem sentimentos. Sei lá se não vai me empurrar ladeira abaixo!

Restava a irmã, que não era a melhor pessoa para argumentar com o pai. Barata achava-a uma "enroladora" cheia de psicologismos, e nunca conseguia dobrá-la em uma discussão. Quando os dois batiam boca, ele tinha que fazer valer sua autoridade com um "vai ser como eu quero e pronto!".

A criatividade e a inteligência de Patrícia, no entanto, poderiam ajudar Tavinho a encontrar uma saída para seu drama.

— Pede ao porteiro do prédio da frente para guardar Plínio no apartamento dele. Quando papai não estiver em casa, você traz ele pra cá...

— Já viu o tamanho do apartamentozinho do Severino? É um ovo... de codorna. Além disso, papai, sem emprego, não tem hora para chegar e pode me dar um flagra. Não, mana, pensa em outra coisa...

— Deixa na casa de um dos seus amigos...

— Todos eles têm seus robôs. De repente um deles se estranha com Plínio... Você sabe que em briga de robôs não sobra nada...

— Bem, podemos tentar disfarçar Plínio de anão!

— ???

— Acho que papai não tem nada contra os anões.

Os olhos de Tavinho brilharam:

— Essa pode ser uma boa ideia, mana!! Fala mais...

A mãe apareceu no quarto e interrompeu a conversa, chamando os dois para se despedirem do pai.

— Vai viajar? Assim, de repente? — surpreendeu-se a filha.

— Vai pra onde? — perguntou o filho.

Aurora, de avental, dedos sujos de massa de empada, passou as costas das mãos na testa e não escondeu sua apreensão:

— Ele recebeu um daqueles telefonemas misteriosos, jogou umas roupas na mala e está saindo apressado. Diz que vai para um encontro do Sindicato.

No dia seguinte, o menino foi buscar o robô.

13

Logo de manhã, Rolando botou os pés sobre o local exato onde Plínio caiu do caminhão. Ainda era possível enxergar uma mossa no asfalto, provocada pelo impacto da queda. O detetive buscou informações nos arredores.

O balconista do bar assistiu a toda a cena e, quando Rolando mostrou-lhe a foto do robô, não vacilou em confirmar:

— É esse!

— Tem certeza? Ahn? — insistiu o detetive.

— Certeza eu não tenho, chefia. Há muitos robôs da mesma marca por aí. Tudo igual, como japonês. Mas, se não foi esse, era um irmão gêmeo.

Rolando pediu detalhes e o balconista falou que após a queda muita gente correu para ver de perto.

— Mas quem acudiu o robô — continuou — foi um garoto de uns doze anos, que ficou conversando com ele, ali, naquela mureta.

— Naquela mureta, ahn? Você viu para onde eles foram depois?

— Não. Eles ficaram lá, de papo. Fui fazer meu serviço e me desliguei...

— Eles pegaram o ônibus 478 naquela direção — informou o entregador da farmácia.

— Naquela direção, ahn? Dá pra você me descrever o garoto?

— Um garoto branco, sem nada de especial. Parecido com milhares de outros...

— Milhares de outros, ahn? Algum detalhe nele chamou sua atenção?

— Ele parecia muito atencioso com o robô — disse a recepcionista do banco, que viu a cena através das paredes de vidro do prédio.

— Atencioso, ahn? Só isso?

— Estava com uniforme de colégio.

Os olhos de Rolando brilharam de alegria. Enfim, uma pista concreta!

— Deu para identificar o colégio? — perguntou animado.

— Não prestei atenção.

O detetive agradeceu, um tanto decepcionado, e se afastou para "digerir" sozinho as novas informações. Se o garoto estava de uniforme, era de se supor que o colégio fosse pelas redondezas. Anotou no caderninho que precisava fazer um levantamento das escolas próximas. Depois pensou no ônibus. O 478 não ia até a montadora; logo, o garoto não foi devolver o robô. Sim, mas passava na porta do "Roboshopping"! Acendeu-se uma luz no detetive! É claro que o menino podia morar por aquelas bandas, mas também podia ter ido procurar uma das inúmeras oficinas do *shopping*. O robô talvez tivesse sofrido algu-

ma avaria, deduziu, ao cair do caminhão em movimento. Rolando ficou feliz com suas próprias conclusões. Fez sinal para um táxi, entrou e pediu:

— Vamos para o Robosh...!

14

Tavinho e o detetive se cruzaram (e quase se esbarraram) na entrada do *shopping*. O menino dirigiu-se ao segundo andar, onde ficava a oficina de João Lopes, e Rolando seguiu em frente, iniciando suas buscas pelo térreo. Entrava e saía das lojas exibindo a foto do robô, mas não ouvia nada que pudesse ajudar nas buscas.

— Não! Não conheço!

— Nunca vi!

— É um modelo raro!

— Não trabalhamos com essa marca!

No segundo andar, Tavinho ouvia as explicações de João Lopes:

— Veja bem! Ele não tem mais nada a ver com o robô da montadora.

— Não sabe mais nem apertar um parafuso? — indagou o menino.

— As funções primárias eu mantive. A memória também. Ele se lembra da fábrica. Instalei um programa avançado de inteligência artificial baseado em algoritmos genéticos.

— Algoritmos genéticos? Que diabo é isso?

— Uma tecnologia de inteligência artificial inspirada no DNA dos humanos.

— Isso vai ser uma nota, João! Eu não tenho condições...

— Fica frio, Tavinho. Estou trabalhando com peças usadas que vêm do Paraguai.

— Legal! Vou poder desafiá-lo no xadrez?

— Vai desafiar e vai perder — sorriu João Lopes. — Ele é quase tão brilhante quanto o androide Data do filme *Jornada nas estrelas*. Lembra?

Tavinho pensou no plano da irmã, de disfarçá-lo de anão.

— E se um dia eu quiser colocar uma face humana nele?

— Sem problemas. Devo receber algumas na semana que vem.

— Ainda estou decidindo...

— Pode ir tranquilo, garoto. Seu robô está com tudo em cima!

— Tudo mesmo?

— Quase tudo. Ainda não sabemos como dotá-los de emoções e sentimentos.

— Aí também ia ser demais!

Tavinho desceu com Plínio por uma escada, enquanto o detetive subia pela outra. Os dois já estavam longe quando Rolando chegou à loja de João Lopes mostrando a foto do robô. Um desavisado diria: "Ele saiu daqui tem dez minutos". João, porém, nem precisou usar toda sua inteligência natural para perceber que se tratava de uma diligência.

— Nunca vi — respondeu. — É um robô de trabalho, trabalho específico. Já saiu de linha.

O detetive suspirou, desanimado. Havia rodado todo o *shopping* e não saíra da estaca zero. Sem pistas, decidiu abandonar a linha de investigação do robô e recomeçar as buscas pelo menino.

15

Plínio sabia tanto sobre o planeta quanto um extraterrestre que caísse de paraquedas. Nunca botara os pés fora da montadora, vivia voltado para o trabalho, de modo que agora, transformado, estava precisando ser apresentado ao universo dos seres humanos. O menino decidiu levar o novo companheiro para uma caminhada.

O robô girava a cabeça como um farol, procurando observar tudo em seu redor. Um ser humano, naquelas circunstâncias, estaria com as emoções à flor da pele, mas o robô mantinha uma expressão racional e perscrutadora. Na realidade, ele já conhecia (de vista, pelo menos) o que mais havia nas ruas: gente e automóveis. Chegou a cutucar o garoto, apontando-lhe um carro prateado:

— Aquele ali passou pelas minhas mãos. Minhas mãos.

Plínio deteve-se diante de uma bicicleta encostada em uma árvore e ficou examinando-a por longos minutos. Plínio ficou olhando o veículo e Tavinho olhando Plínio, sem entender a razão daquela demorada contemplação de uma bicicleta velha e parada.

— Gostou tanto assim? — perguntou Tavinho, impaciente.

— Queria conhecê-la de perto. Só a via da janela do alojamento. Muitos operários chegavam à montadora de bicicleta.

— O que achou? — gozou o menino.

— Interessante. O mecanismo é muito simples. Um par de pedais que movimenta uma correia de transmissão. Posso montar cento e trinta e duas dessas num dia de trabalho. Só num dia.

— Você não é mais um robô de trabalho, Plínio. Não desse tipo de trabalho!

— Estou aposentado. Aposentado.

Uma mulher maltrapilha bateu no ombro de Tavinho e pediu esmola. O menino apanhou umas moedas no bolso e entregou-as, num gesto rápido.

— O que você deu pra ela? O quê?

— Duas moedas. Sabe o que é dinheiro?

— Sei. Isso eu sei! Prata, pau, tutu, erva, grana... Os operários falavam muito de dinheiro. Muito mesmo. Estava sempre faltando. Sempre.

— Inclusive para mim — acrescentou o menino.

— Então, por que você deu suas moedas para ela? Por quê?

— Fiquei com pena...

— Pena? Ficou com pena? O que é "pena"?

— É... é uma coisa que aperta o coração, Plínio. Um sentimento que a gente tem diante da infelicidade dos outros.

— Ela tem infelicidade? Tem?

— Muita!

— Como ela pode ter infelicidade, se ganha dinheiro sem trabalhar?

Para o robô, a mendiga era uma mulher igual à que ele encontrou na sala do presidente da montadora. Apenas não usava aqueles sapatos esquisitos e parecia precisar de uma boa limpeza.

— As mulheres ficam sujas como as máquinas? Ficam?

— As mulheres e os homens. Os humanos tomam banho todos os dias.

— Todos os dias? E não gasta a pele? Não gasta?

Plínio era uma metralhadora cuspindo perguntas e obrigando Tavinho a se desdobrar em explicações. Ao deparar com um vira-lata, lembrou-se do cão-robô (Aibo) que ele via na multinacional onde nasceu:

— Vocês também fazem cachorros? Fazem?

De repente caiu uma pancada de chuva.

— Que é isso? — sentiu o líquido entre os dedos. — Não é óleo!

— É água!

— Água? Vamos sair daqui! Vou pegar ferrugem!

Correram para debaixo de uma marquise e ficaram aguardando cessar a chuva. Plínio, então, olhou para cima com atenção e percebeu que o mundo ia bem além do teto da fábrica. Fosse um humano, experimentaria o mesmo encantamento de um mineiro vendo o mar pela primeira vez. Sem emoções e acostumado a cumprir ordens, limitou-se a perguntar:

— Quem manda essa chuva lá de cima?

— O mandachuva! São Pedro!

— São Pedro?

— É o cara que tem as chaves do céu!

O robô ensaiou perguntar o que era "céu", mas preferiu silenciar. "Uma coisa de cada vez", pensou, "ou meus arquivos de memória vão estourar de tanta informação".

O menino não tinha o hábito de frequentar feiras livres, mas viu numa delas um bom exemplo da vida entre os humanos e decidiu levar Plínio a percorrer as barracas de frutas, legumes, pescados...

12

O robô parecia meio zonzo em meio àquela ruidosa movimentação. Só tinha ouvido tanta gritaria assim em um jogo da Seleção Brasileira pela Copa do Mundo, a que os operários assistiram em um telão instalado na fábrica. Sem emoção, sem pátria e sem entender o significado daquele monte de homens correndo atrás de uma bolinha (foi antes da partida que virou pancadaria), Plínio detestou aquilo tudo e em cinco minutos voltou ao trabalho.

Tavinho apontou para os carregadores, antigos robôs humanoides que, sem muita utilidade, sobreviviam levando a "feira" dos fregueses. Plínio estava mais interessado em saber das mercadorias expostas. Das frutas conhecia apenas a laranja e a banana, que os operários comiam na montadora.

— E isso, o que é? O que é?

— Abacaxi! Uma delícia!

— E essa aqui?

— Manga! Outra delícia!

— Eu queria poder comer como vocês, humanos...

— Mas para comer não basta uma boca, Plínio. É preciso ter um tubo digestivo, estômago, intestinos e um movimento peristáltico, que empurra os alimentos digeridos na direção do ânus.

— Comer é tão complicado assim? É?

Na barraca dos peixes, o robô impressionou-se com um robalo, que parecia dormir de olhos abertos.

— Ele está morto, Plínio!

— Quem matou? Quem?

— Um pescador, com certeza.

— Vocês comem peixe morto? Comem?

— Vivo é que não dá pra comer!

— Que mais vocês matam pra comer? Que mais?

— Porco, vaca, pato, frango, rã, javali, peru, carneiro, bode, em alguns lugares até cavalo...

— Robôs também?

— A carne de vocês é um pouco dura — gozou o menino. — Mas, no futuro, quem sabe?

Tavinho estava exausto por causa da caminhada e — pior — do falatório interminável que lhe impunha a curiosidade do robô. Ao atravessarem a pracinha próxima à casa, Plínio observou um casal trocando carícias, sentado em um banco.

— Nunca vi isso! Eles estão colando uma boca na outra?

— Isso chama-se beijo!

— Beijo? Não passa micróbio? Não?

— Quem se importa? Eles estão namorando.

— Namorar é bom ou ruim? Bom ou ruim?

— É ótimo! É o amor!

— E o que é o amor? O que é?

O menino deu um suspiro de enfado.

— Que adianta lhe falar, Plínio? Robôs não podem amar.

— Robôs não podem amar, não podem comer, não podem nada! Por que nos botaram no mundo? Por quê?

— Para trabalhar enquanto os humanos estão amando, estão comendo, estão sem fazer nada — disse o menino, rindo como aqueles homens da montadora.

— Em compensação, sei fazer cálculos vetoriais de cabeça — reagiu Plínio. — Resolvo equações termodinâmicas, conheço tudo de engenharia mecatrônica, sou capaz de montar um foguete espacial...

— É exatamente isso que a humanidade espera de vocês — curtiu o menino, que enfim (ufa!) chegou a casa.

Mal abriu a porta e apareceu a irmã, que anunciou, esbaforida:

— A polícia está atrás do robô!!

16

João Lopes havia telefonado e falado com Pat, alertando-a sobre a presença daquele tipo — "Parecia um investigador"— em sua oficina.

— João disse que ele vasculhou todas as lojas do *shopping* fazendo perguntas — acrescentou a irmã. — Acho melhor você tratar de devolver...

— Pra quem? Nem sei a quem pertence!

— Ele não trabalhava em uma montadora de automóveis? Só existem duas no Rio... Com dois telefonemas você resolve isso.

Só que Tavinho, no fundo (e no raso), não queria resolver nada.

— Ah, mana! Não vou telefonar pra ninguém. Eu não roubei. Achei-o na rua... e ainda salvei sua vida, porque as pessoas queriam depená-lo. Se a polícia bater aqui, eu devolvo; se não...

— Você é quem sabe da sua vida — sentenciou Pat.

De repente, ouviram um berreiro vindo da cozinha:

— Uai! Socorro!

Enquanto os irmãos conversavam na soleira da porta, Plínio foi adentrando a casa por conta própria e ligando todos os aparelhos que encontrou na cozinha: liquidificador, forninho, batedeira, torradeira... Dona Aurora deu de cara com aquele "monstrengo" e quase desmaiou de pavor.

— Mãe! Fica calma! Esse é o Plínio! — disse o menino, desligando os aparelhos.

A mulher soltou um profundo suspiro e emendou com um "muito prazer", meio envergonhada pelo escândalo. O robô deixou-a com o braço no ar e perguntou:

— O que é "muito prazer"? Ninguém nunca me disse "muito prazer". O que é?

— É uma expressão da satisfação que a gente sente ao conhecer uma pessoa — explicou Pat.

— Como sei que vou ter muito prazer, se estou conhecendo ela agora?

Os três humanos se entreolharam admirados com a "sacada" do robô. Plínio queria saber de tudo. Era a primeira vez na vida que entrava em uma casa de família. Conhecia o rádio, o relógio, a televisão lá da fábrica, mas nunca tinha visto, por exemplo, um abajur, uma almofada, um porta-retratos. Tavinho abriu a porta da geladeira para pegar água, o robô sentiu aquele friozinho gostoso e quis se enfiar dentro dela.

— Não! Não, Plínio!

— Quero me refrescar um pouco. Só um pouco...

O forno do fogão, ligado para assar as empadinhas de dona Aurora, elevava a temperatura da cozinha.

— Geladeira é só pra guardar comida — ensinou o menino.

— Eu via os operários na fábrica comendo comida quente! Eu via!

— É que... alguns alimentos a gente esfria pra depois esquentar.

— Esfria e depois esquenta? Que coisa esquisita! — reagiu o robô.

Tavinho voltou à sala com Plínio e encontrou o

avô Juca saindo do quarto. O velho apertou os olhos na direção dos dois e perguntou:

— É esse o tal robô?

— Chama-se Plínio.

— Plínio de quê? — perguntou o avô, num tom ranzinza.

— De aço, ferro, titânio... — respondeu o androide.

Plínio rodava à volta da cadeira de rodas, examinando-a, interessado. As duas rodas se assemelhavam às da bicicleta, só que estavam em paralelo; o assento era maior, havia braços de apoio no lugar do guidão e para dirigi-la não era preciso perícia nem equilíbrio.

— Não conhecia esse modelo de bicicleta. Não conhecia!

— Não é bicicleta, Plínio. É uma cadeira de rodas.

— Interessante! Todos os humanos usam cadeira de rodas?

— Claro que não! — o menino riu do absurdo da pergunta.

— Pois deviam. É mais seguro, mais confortável, não gasta as pernas...

O robô às vezes fazia observações embaraçosas.

— É isso aí, Plínio! — concordou Pat. — Além de ter espaço para guardar as muitas tralhas que carregamos hoje em dia, óculos, carteira, celular, canetas, chaves, agenda, guarda-chuva...

— Só usa cadeiras de rodas — interrompeu o velho Juca — quem tem problemas nas pernas.

— E quem tem problemas nos braços, usa o quê? O quê? — perguntou o robô.

Tavinho levou Plínio para o quarto e desligou-o antes que alguém implicasse com sua forma de ver as coisas. Na sala, o robô era o tema dominante (como não podia deixar de ser!).

— Ele é tão fofinho... — comentou dona Aurora, surpreendendo a todos.

— De fofo ele não tem nada! — retrucou o avô. — É feio pra chuchu!

— Mas muito inteligente! — afirmou Pat.

— De que vale a inteligência sem alma nem coração? — resmungou o avô, com desdém.

— Ele aprende tudo rapidinho, mãe — falou o menino. — Ensina a receita das suas empadinhas que ele vai arrasar...

— Em um dia vai produzir o que você faz em uma semana, mãe — completou a irmã.

— Será que depois ele sai para vender? — quis saber dona Aurora.

— Não! Vender, não! — reagiu Tavinho.

— Por que não? Tem tanto robô-camelô por aí...

O menino não podia dizer que Plínio estava sendo procurado pela polícia, segredo somente compartilhado com a irmã Patrícia. Disfarçou:

— Ele não conhece a cidade, mãe. Vai se perder, vai acabar sendo sequestrado...

— Que você achou do Plínio, vô? — perguntou Pat.

— Muito metido pro meu gosto. Aposto que vai querer sentar na minha cadeira de rodas!

— Pois eu acho que ele vai revolucionar essa casa — afirmou a moça.

— Então é bom que seja logo — ponderou a mãe —, porque seu pai não vai gostar nem um pouco de encontrar um robô em casa.

17

Àquela altura, Barata estava espremido no canto de um plenário improvisado, ouvindo os discursos que se sucediam na sessão do congresso (clandestino) da FLHU, Frente de Libertação dos Humanos. A reunião era realizada nos fundos de uma igreja de uma cidadezinha do interior paulista e nela se discutia uma solução para conter a invasão dos robôs, que provocava demissões em massa dos seres humanos no mercado de trabalho.

— Hoje eles nos tomam os empregos — discursava um inflamado dirigente. — Amanhã estarão tomando nossas mulheres, nossos filhos, nossas famílias...

— Um aparte! — gritou uma voz na plateia. — Os robôs são assexuados. Não se interessam por nossas mulheres!

— Não se interessam AGORA, companheiro! — retrucou o orador. — Mas quem diria, no passado, que eles iriam tomar nossos empregos? Quem me assegura que no futuro não estarão ocupando nossas camas? Precisamos detê-los! Pelos nossos empregos no presente, pelas nossas famílias no futuro! Precisamos eliminar os robôs da face da Terra! Persegui-los sem trégua. Queimá-los, desmontá-los, esmagá-los! É por isso que estamos aqui reunidos, companheiros. Para encontrar uma forma de ação conjunta na luta contra esses autômatos infernais. Morte aos robôs!

O plenário quase veio abaixo diante de tantos gritos e aplausos. Um clima altamente emocional favorecia as propostas radicais. Repetia-se, mais de dois séculos depois, a reação dos operários à época da Revolução Industrial na Inglaterra, que investiam contra as máquinas para preservar seus empregos. A máquina roubou o emprego dos homens, gerando fome e miséria, diziam naquele tempo; a máquina era o inimigo a ser derrotado!

Os moderados, que criticavam a ação violenta, mal conseguiam expor seus pensamentos.

— Companheiros! Destruir os robôs é atacar o alvo errado!

Uma vaia ensurdecedora impediu o moderado de continuar. Ninguém estava interessado em propostas comedidas. Ninguém queria saber de negociar com os fabricantes de androides. Ninguém queria discutir a sugestão de um abaixo-assinado, que seria enviado a deputados e senadores, exigindo leis que estabelecessem cotas de humanos para as empresas.

— Os políticos são aliados do poder econômico e não vão legislar a nosso favor! Sempre foi assim, desde a Revolução Industrial. Morte aos robôs!

Novas e intensas manifestações de apoio. Outra proposta foi posta em discussão por um terceiro grupo, nem moderado nem radical. Por que não uma ação de sabotagem? Alterar os *chips*, sensores e programas dos robôs, levando-os ao erro na execução de suas tarefas? Os enormes prejuízos fariam com que as fábricas voltassem a valorizar os humanos.

— Se vamos botar as mãos nos robôs para modificá-los, por que não destruí-los de uma vez? — reagiu o orador inflamado.

— É isso aí! É isso aí! — bradou a massa ensandecida. — O robô nos roubou! Morte aos robôs! Morte aos robôs!

O plenário ainda iria votar algumas propostas nos dias seguintes, mas já era tida como certa a vitória dos radicais. Tomava corpo a ideia de se formarem "comandos", com oito ou dez membros, para invadir as empresas e destruir os robôs.

— Isso não impede que cada um de vocês faça sua parte — concluiu o orador.

Barata estava decidido a fazer sua parte, caso, ao chegar a casa, constatasse que Tavinho havia desobedecido sua ordem. Com o congresso em andamento, ele preencheu a ficha de inscrição e leu, orgulhoso, o juramento solene de destruir todos os robôs que encontrasse pela frente.

18

Três dias na casa de Tavinho e Plínio se transformara no "rei do pedaço". Toda a disposição com que trabalhava na fábrica foi canalizada para tarefas domésticas (e para algumas não domésticas). Varria, lavava, passava, encerava, limpava vidraças, jogava xadrez, arrumava as camas, fazia contas de cabeça, fazia empadas, ajustava aparelhos eletrônicos, tudo com tal eficiência e presteza que a família deixou de sentir saudades da empregada Maria.

A maior virtude do robô, no entanto, era a economia, algo nada desprezível diante do "miserê" da família. Plínio não dava despesas. Não comia, não bebia, não sujava roupa (nem de cama, pois "dormia" em pé), não ia ao banheiro, não gastava água, não curtia televisão e não recebia salário. Podia ser melhor? Apenas precisava ser contido nos gastos de energia. Qualquer folguinha, afastava-se do forno e abria a porta da geladeira para se refrescar.

Por medida de segurança, Tavinho proibiu o androide de sair à rua e atender o telefone. Plínio, porém, insistia em ter um celular, depois de descobrir que o aparelhinho não era uma espécie de broa para robôs.

— Todo mundo tem celular! Também quero! Também quero!

O menino demoveu-o do propósito com uma única pergunta:

— Você tem para quem telefonar?

O lado desagradável de Plínio aparecia na canseira que dava à família com suas intermináveis perguntas, algumas inesperadas e intrigantes. O robô jamais tinha visto um banheiro na vida. Na fábrica, às vezes, ouvia um operário dizer: "Se procurarem por mim, tô no banheiro!", mas ele mesmo nunca frequentou um, por absoluta falta de necessidade fisiológica.

— Que é isso? — apontou para o vaso sanitário.

— É o lugar onde a gente faz cocô — respondeu o menino.

— Cocô? Como é que faz cocô? Como?

— A gente senta e faz. Lembra quando falei sobre a comida? Que não bastava uma boca? Pois é! A comida percorre o nosso corpo e o que não serve a gente devolve, despejando aí dentro.

— Todo mundo tem cocô pra fazer? Tem?

— Ninguém vive sem fazer cocô.

Plínio deu uma espiada na água do vaso:

— Como é que não estou vendo nada aí dentro? Nenhum!

— Porque as pessoas puxam a descarga — mostrou — para o cocô ir embora...

— E eles vão para onde? Onde?

— Eles vão... vão pra... vão... sei lá, Plínio! Eles vão pro meio do mar.

— Todo mundo faz cocô todo dia?

O menino disse que sim, todo dia. O robô pensou um pouco e perguntou:

— Quantas pessoas existem no mundo? Quantas?

— Seis bilhões!

— Seis bilhões de pessoas fazendo cocô todo dia! Incrível! Não sei como o planeta aguenta!

No quarto de Pat, psicóloga desempregada, Plínio deu de cara com a miniatura de um esqueleto humano.

— Que é isso? Outro modelo de robô?

— É nossa estrutura óssea.

— Todos os humanos têm esses ossos?

— Todos. São mais de 200! Ficam encobertos pela pele.

— Quer dizer que por baixo da pele vocês são todos iguais?

— Iguaizinhos! Tá vendo isso aqui? — Pat mostrou o crânio do esqueleto. — Por baixo da boca, do nariz, dos olhos, do couro cabeludo, somos todos assim...

O sensor estético do robô reagiu:

— Vocês são horríveis! Que bom que ganharam uma pele pra esconder essa feiura!

— Sem pele não saberíamos quem é quem!

— Por que os robôs não podem ter pele? Por que não podem?

— Já existem robôs com pele e face humana.

— Eu vi lá na fábrica! Eu vi! Fiquei obsoleto por causa deles.

— Algumas lojas vendem um tipo de látex que imita a pele.

— Eu queria tanto ter uma pele. Eu queria! Estou me achando um esqueleto de metal.

Plínio deixou o quarto de Pat e foi mover um bispo do rei no xadrez que jogava com o menino. Tavinho demorava meia hora para concluir uma jogada. Nesse tempo, o robô ia se ocupar de outras coisas, voltava, movia sua peça em quinze segundos e tornava a sair. Desmontou a cadeira de rodas do avô — que dormitava na poltrona —, limpou, passou óleo, tornou a montar, retornou ao tabuleiro e deu um xeque-mate em Tavinho.

Dona Aurora entrou em casa na maior euforia. Tinha vendido todas as empadinhas! Enfiou as duas mãos dentro da bolsa, pegou um monte de moedas e notas amassadas e botou em cima da mesa para começar a contar.

— Tem trezentos e oitenta e quatro reais, dona Aurora! — informou o robô, antes que ela iniciasse a contagem.

Plínio havia multiplicado por dez a produção de empadinhas. Não só aumentou a quantidade, como melhorou a qualidade, porque metia os braços dentro do forno a duzentos graus com a maior naturalidade.

— Acho que Plínio gosta muito da gente — comentou dona Aurora, feliz.

— Robô não gosta de ninguém — resmungou o velho Juca. — Robô não tem sentimentos. Nem sabe o que é "gostar"!

— Você não gosta de gente, Plínio?

Patrícia fez a pergunta na forma negativa, como é comum entre os humanos. Os enigmas da língua portuguesa ("pois não" queria dizer "sim"; "pois sim" queria dizer "não") confundiam o robô.

— Não! — respondeu Plínio, com todas as letras.

— Não disse? — falou o avô.

— Não — repetiu o robô.

À noite, antes de dormir, Tavinho desligou Plínio como se desliga uma televisão. Fazia isso todos os dias, para dar um pouco de sossego à família, ainda desacostumada ao ritmo frenético que o robô impunha à casa. Na manhã seguinte, ao sair para a escola, o menino nem desconfiou de que, escondido atrás de uma árvore, o detetive Rolando espreitava sua casa.

19

Como o detetive chegou a Tavinho?

Simples. Rolando deixou o “Roboshopping” planejando percorrer os colégios próximos à área onde o robô caiu do caminhão. Apoiava-se na descrição da recepcionista do banco, que informou ter visto o menino de uniforme colegial.

Ao fazer o levantamento das escolas, encontrou seis: duas religiosas, duas particulares e duas públicas. Escolas demais! Não tinha certeza de que autorizariam seu ingresso nas salas de aula e parecia-lhe pouco provável que o autor do furto fosse se acusar. Depois de pensar melhor, Rolando decidiu seguir por caminhos menos tortuosos.

Voltou ao “local do crime” e percorreu os edifícios das redondezas perguntando se algum cinegrafista amador teria registrado o acidente. Hoje, nas cidades grandes, há sempre alguém, em algum lugar, com um olho atrás do visor filmando qualquer coisa.

O porteiro de um dos prédios informou que um rapaz do nono andar tinha filmado a cena. Disse, inclusive, que ele havia tentado vender o filme para uma emissora de TV, mas não conseguiu, por falta de qualidade das imagens. Rolando foi atrás dele.

— Dá pra voltar ao momento em que estão somente os dois? — pediu o detetive.

Eram imagens precárias, meio tremidas, de baixa definição. O rapaz fechou um *close* no garoto, mostrando seu rosto, mas não foi possível identificar o emblema da escola pregado na camisa.

— Pelo formato, acho que é do Colégio São Marcos — arriscou o rapaz.

Rolando agradeceu, deu cem pratas ao "cinegrafista" e foi espreitar Tavinho na saída da escola. Dali seguiu-o, sem dificuldades, até sua casa. Simples, não?

Na manhã seguinte, aguardou o menino se afastar e tocou a campainha. O velho Juca veio atender.

— Bom dia — cumprimentou, simpático, o detetive. — É aqui que mora o garoto Otávio Ribeiro Barata?

— Otávio? Ah, sim! Tavinho! É, sim senhor!

— Aqui, ahn? Sabe se ele trouxe um robô para casa, recentemente?

O velho nem se lembrou da história de Plínio e respondeu sem vacilar:

— Trouxe sim. Eu não gosto de robôs, mas esse...

— Esse robô não é dele! — interrompeu Rolando. — É de propriedade da empresa Companhia dos Carrinhos e estou encarregado de levá-lo de volta aos seus legítimos donos!

O velho assustou-se com aquela voz grossa e impositiva.

— Mas... mas quem é o senhor?

— Rolando Vieira, detetive particular. Caso o robô não seja devolvido, estará caracterizado furto, delito penal, e seremos obrigados a entrar na Justiça com uma queixa-crime.

Juca empalideceu:

— Um momentinho, por favor...

Retirou-se e voltou acompanhado da neta. Por um desses mistérios insondáveis da natureza humana, Patrícia bateu os olhos em Rolando e encantou-

-se com sua figura. Rolando é o que se chamava de um "boa-pinta". Jovem, moreno, sarado, formara-se em Educação Física, mas sua carreira mudara de curso quando o pai morreu e ele o substituiu na sociedade da Agência de Investigações. O rapaz, por sua vez, também não ficou indiferente àquela bela moça, que brotara à sua frente vestindo um robe sobre uma camisola decotada. Rolando, porém, estava a serviço, tinha uma missão a cumprir. Por isso, procurou conter sua admiração. Repetiu as palavras que havia dito ao velho.

— O robô está na oficina — mentiu Pat, para ganhar tempo. — Ele se machucou muito na queda (por baixo da frase, seu pensamento era: *Que cara mais charmoso!*).

— Na oficina, ahn! Pode me dar o endereço que vou pegá-lo (*Que gata interessante!*).

— Só quem sabe é meu irmão, e ele não está em casa (*Será que é casado? Deve ser. Um cara desses não pode estar livre e desimpedido...*).

— Quando ele chegar, peça-lhe que vá buscá-lo. Venho apanhá-lo dentro de vinte e quatro horas (*Tomara que ela me atenda! Será que tem namorado?*).

— Pois não! Amanhã o robô estará aqui esperando pelo senhor (*E eu também!*).

— Espero que sim. Caso contrário, terei que acionar a polícia, e o garoto poderá acabar internado na Febem (*Poderemos ir visitá-lo juntos...*).

— Fique tranquilo. Amanhã você terá o robô (*E a mim também, se quiser!*).

Pat sorriu sedutora. Rolando devolveu o sorriso e, no momento em que se despedia, surgiu dona Aurora, com uma bandeja de empadinhas.

— Estão servidos? É a primeira fornada.

O detetive pegou uma, mordeu, mastigou e comentou:

— Tá uma delícia! Foi a senhora quem fez?

— Foi Plínio, nosso robô de estimação.

Rolando lançou um olhar condescendente para Patrícia e afastou-se, saboreando o quitute. Não lhe custava nada voltar no dia seguinte para tornar a encontrar uma moça tão atraente.

20

Havia um clima de velório na sala. Todos se entreolhavam silenciosos, sem saber o que dizer. Dona Aurora, desolada, desamassava as cédulas de real amontoadas sobre a mesa.

— Logo agora — lamentou — que meu negócio estava melhorando...

Tavinho já havia chorado um bocado e fungava num canto. O avô Juca cochilava na cadeira de rodas, depois de levar um esculacho geral por ter confirmado a presença do robô na casa (ninguém avisou a ele que deveria mentir). Patrícia estava mais preocupada com a roupa que iria usar para receber Rolando no dia seguinte, mas procurava manter uma expressão condizente com a tristeza do ambiente. Quanto a Plínio — razão de ser daquele baixo-astral —, permanecia imóvel tal qual uma estátua ao lado do abajur. Tavinho tinha acionado sua tecla *stand by*, que lhe interrompia os movimentos, mas o mantinha vivo e atento.

Plínio perguntou a Pat por que o menino estava botando água pelos olhos.

— Aquilo são lágrimas.

— Lágrimas? Tavinho vai ficar assim para sempre? Vai acabar a água dele...

— Ele está assim por sua causa.

— Minha causa? Minha? Que que eu fiz?

— Você vai embora amanhã.

— Vou? Por quê? Fiquei obsoleto aqui também?

— Vai para a metalúrgica, onde já deveria estar, se não tivesse caído do caminhão.

— Vou fazer empadinhas? Vou?

— Vai montar carrinhos de supermercado.

— Vocês vão também? Vão?

— Nós vamos continuar por aqui... com saudades de você...

Evidente que Plínio perguntou o que eram "saudades". Depois que Pat explicou, ele pensou alguns segundos e murmurou:

— Acho que, se eu tivesse água, ia deixar rolar uma lágrima agora.

Dona Aurora voltou a se manifestar, num tom lamurioso:

— Não dá para o Plínio ficar mais uma semana com a gente?

— E o papai? Vai chegar e dar de cara com ele? — indagou Pat.

— Explico a ele o quanto Plínio tem nos ajudado. Ele vai entender.

— Não, mãe! Plínio vai embora amanhã! — determinou a filha.

Dona Aurora não ouviu, ou fingiu não ter ouvido, e dirigiu-se ao filho:

— Tavinho, fala com o detetive. Ele me pareceu uma pessoa tão simpática e educada... Fala com ele!

— Quem vai falar com ele sou eu! — pulou Pat.

— Eu falo, mãe, pode deixar...

— Não senhor! Você tem que ir para a escola!

— Que insistência é essa? Você nem liga muito pro Plínio... Então vamos falar nós dois!

Patrícia teve que "apelar" para afastá-lo do encontro:

— Tavinho, você foi autor do furto. Se der as caras, pode ser preso por apropriação indébita. São vinte anos de cadeia, sabia?

O menino acreditou na mentira da irmã quanto ao tempo de cadeia. Calculou a idade com que sairia da prisão e preferiu fechar o bico. Dona Aurora, que procurava uma solução para seus negócios, deu outra sugestão:

— Talvez a gente pudesse trazê-lo nos fins de semana.

— Boa ideia! — admitiu o menino.

— Que é isso? — reagiu Pat. — O pobre do robô vai trabalhar a semana inteira na metalúrgica e depois ainda vai vir pra cá dar um duro dos diabos?

— E daí? Robô não fica cansado!

— Mas nós ficamos cansados dele! — resmungou Juca.

— Ele não tem mesmo para onde ir aos sábados e domingos... — comentou o menino, sem ouvir o avô.

— Na velocidade em que trabalha — acrescentou dona Aurora —, poderia fazer empadinhas para a semana inteira!

Patrícia aceitou conversar com o detetive, mas sob uma condição:

— Não quero ninguém por perto. Tá?

A família concordou e cada um se recolheu ao seu quarto carregando um resto de esperança. Naquela noite, o menino fez de Plínio um ursinho de pelúcia e botou-o para dormir na sua cama.

21

Nove horas da manhã e Patrícia abriu a porta de casa com a afetação de uma cantora de opereta. Ela mal conseguira dormir. Começou a se produzir às seis da manhã (sem saber o que vestir, tirou todas as roupas do armário!) e estava há uma hora e meia sentada na sala, com o coração aos pulos, aguardando tocar a campainha.

Rolando exibiu um largo sorriso diante da moça e, como se já tivessem combinado, dispensaram as formalidades de praxe — nem se disseram "bom dia" —, unindo os lábios com um ímpeto cinematográfico. Qualquer coisa menos que um beijo deixaria de fazer justiça à recíproca e imediata atração da véspera. Ao perceber Rolando escorregando a mão por dentro de seu decote, Pat afastou-se de súbito:

— Papai pode chegar — disse, num rasgo de decoro, para não parecer tão fácil.

Recompôs-se, ajeitou o vestido sobre o corpo e informou que Plínio estava se arrumando para sair. Rolando quase perguntou: "Se arrumando como? Robô não se veste, não dá laço em gravata, não penteia cabelo", mas rápido entendeu que se tratava apenas de uma desculpa para dar-lhes mais tempo a sós. A moça lembrou-se do pedido da família e solicitou ao detetive que perguntasse à Companhia dos Carrinhos sobre a possibilidade de o robô passar os fins de semana em sua casa.

— Você gosta tanto dele assim? Ahn? — perguntou, já com uma ponta de ciúme.

— Muito! — respondeu Pat, para encurtar a explicação.

— Acho difícil a empresa permitir — fez uma cara de paixão —, mas por você me empenharei até a morte!

E avançou para Patrícia, que recuou, estratégica:

— Aqui não!

— Vamos nos ver mais tarde? Vamos, meu amor! Vamos! Ahn?

— Me telefona — disse ela, entregando-lhe os números, anotados enquanto esperava por ele.

Plínio apareceu trazendo duas empadinhas:

— Estou pronto! Pronto! — e ofereceu os quitutes aos dois.

Rolando relaxou ao perceber que o robô era mesmo um tampinha e que correspondia às descrições que tinha à mão (por um momento, achou que poderia ter se enganado e que daria de cara com um daqueles autômatos de olhos azuis e corpo de "Robocop"). Despediram-se com beijinhos formais, o detetive afastou-se levando Plínio e Patrícia fechou a porta, suspirante. Nem concluiu o suspiro e a mãe chamou-a:

— Pat! Corre aqui! Venha ver!

Um mar de empadas cobria a cozinha. Dona Aurora, preocupada com a produção, havia tirado Plínio da cama de madrugada, botando-o para trabalhar na velocidade máxima. Tinha empadinha até nas cubas de gelo!

Barata chegou cinco minutos depois e, com certeza, cruzou com o robô (se é que não se esbarraram).

Trazia no rosto a expressão segura de quem havia abraçado uma causa. Manteve a mentira sobre o congresso do Sindicato — teve que desdobrá-la em mentirinhas menores —, se disse cansado — "Viajei a noite toda" — e anunciou que iria recostar um pouco. Antes passou pela cozinha.

— Aurora! — gritou. — Que loucura é essa? Comprou uma máquina de fazer empadas?

A mulher ficou na dúvida se contava que aquilo era obra de um autômato. Preferiu inventar uma explicação.

— Passei a noite acordada, preocupada com você. Aí, para me distrair, vim fazer meus quitutes.

— Huumm... está ótima! Você mudou a receita?

Tavinho chegou da escola e passou direto pelo pai, nem o olhou. Ninguém precisou dizer-lhe que Plínio havia ido embora para sempre. Ao botar o pé na casa, sentiu que o astral não era mais o mesmo. A energia gerada pelo ritmo vibrante do robô dera lugar a uma sensação de vazio, que só não era maior porque Pat dançava pelos cômodos, transbordando de felicidade.

Barata despertou com o telefonema de um companheiro, que lhe informava local e hora do encontro daquela noite. A FLHU tinha programado uma ação conjunta e simultânea em várias empresas que utilizavam mão de obra *cyber*. No congresso da Frente foi decidido abandonar a tática de pequenas escaramuças e partir para uma declaração de guerra aberta aos autômatos. "Morte aos robôs!", bradou o membro do comando, antes de desligar. Barata repetiu a frase num sussurro, com medo de ser ouvido pela família.

Quando o Sol se pôs, Barata pegou sua valise de mão e saiu, anunciando que não sabia a que horas iria voltar. Ninguém ousou perguntar nada, mas Patrícia deu vazão ao pensamento que percorria a cabeça de todos:

— Papai anda muito estranho...

Dito isso, apanhou sua bolsa e informou à família:

— Também não sei a que horas vou voltar! — E se mandou ao encontro de Rolando, com o coração pulsando como uma bateria de escola de samba.

No dia seguinte, os jornais estamparam, na primeira página, o ataque da FLHU. Uma manchete dizia: "Ação desastrosa!", e, embaixo, "Fracassa movimento ridículo contra androides". É fato que alguns robôs foram destruídos, mas na maioria dos casos os "comandos" não conseguiram nem sequer ultrapassar o sistema de segurança das empresas. Houve uma grande debandada e inúmeros membros da Frente foram detidos.

Na relação das empresas que perderam robôs, lia-se o nome da Companhia dos Carrinhos.

22

Voltando o filme: Rolando, depois de pegar Plínio na casa de Patrícia, dirigiu-se à metalúrgica, entrou triunfante no Departamento de Recursos Inumanos, parou diante do chefão e afirmou, orgulhoso:

— Eis o "homem"!

Nem foi preciso confrontar o robô com sua foto. Era igualzinho, em marca e modelo, aos seus companheiros levados pelo caminhão.

— Tá funcionando?

— Perfeitamente! Pode testar!

Rolando recebeu o dinheiro prometido e o contou. Pensou em ligar para o primo Barbas, mas, como tinha algumas dívidas a saldar, resolveu empurrar para a frente a devolução da grana que devia a ele. Despediu-se, deixando seu cartão:

— Investigamos qualquer tipo de gente ou robô. Sigilo absoluto, ahn!

Após rápida inspeção, Plínio foi encaminhado à linha de produção. Os carrinhos de supermercado movimentavam-se, enfileirados, sobre um trilho suspenso no galpão. Cabia a Plínio aplicar-lhes as rodas e apertar-lhes as porcas, repetindo uma de suas antigas funções na montadora. Só que, ao lhe chegar às mãos o primeiro carrinho, ele pegou as rodinhas e começou a gritar:

— Empadinhas! Isso não é uma empada! Onde está a azeitona?

Foi um desastre! Os chassis saíam do outro lado

sem rodas, houve um engavetamento monstro de carrinhos, tiveram que parar as máquinas e interromper a produção. Plínio foi imediatamente retirado de sua função e levado a uma bancada de oficina, anexa ao galpão. Quando o submeteram a testes, verificou-se que suas doze funções continuavam ativas. Contudo, quando uma delas foi acionada, Plínio entortou a cabeça dos presentes, dizendo:

— Peão quatro da rainha! Cavalo do rei! Xeque-mate! Xeque-mate!

A "junta médica" tentou outra função e Plínio respondeu:

— Onde é o banheiro? Onde? Quero ver como é um cocô!

Nenhuma das doze funções correspondia mais aos comandos esperados. Pelo diagnóstico da "junta", o robô teria que ser todo reprogramado, talvez ter o *software* trocado, os sensores alterados, e isso era tarefa para especialistas. A firma especializada prometeu buscá-lo no dia seguinte, mas, de madrugada, a FLHU invadiu a metalúrgica. Os robôs foram destruídos, salvando-se apenas Plínio, que ficara abandonado na bancada, fora da área de trabalho.

Diante das perdas, os desnorteados sócios da Companhia dos Carrinhos se reuniram para decidir se fechavam a empresa ou contratavam operários de carne e osso para retomar a produção. Preferiram a primeira opção.

— E quanto ao robô que sobrou?

— Tem alguma utilidade?

— Nenhuma. É um louco! Só se interessa por empadas!

— Então desmonte-o e venda suas peças. Estamos precisando de dinheiro!

23

Dessa vez não era força de expressão: o ambiente na casa de Tavinho era mesmo de velório, como se o caixão de Plínio estivesse no centro da sala. A televisão confirmou a destruição de todos os robôs da Companhia dos Carrinhos.

Barata não participava do "velório". Tinha chegado com o dia clareando, dormiu aos sobressaltos e permaneceu na cama mais tempo do que de costume. Patrícia, que chegou logo depois do pai (após uma noite de embalos com o namorado), por pouco não o viu entrando em casa esbaforido, correndo como um coelho assustado.

— Se ele tivesse ficado mais uns dias com a gente... — gemeu o menino, com os olhos inchados.

— Foi Deus quem quis assim... — consolou o avô.

— Que Deus, vô? Deus não se mete com robôs.

— Ele estava tão bem ontem, quando Rolando o levou... — recordou Pat.

— Vou guardar suas últimas empadinhas de recordação... — disse a mãe, choramingando. — Pelo menos as duas últimas...

Barata acordou e foi se juntar aos outros, exibindo um par de profundas olheiras. No corre-corre da véspera teve que pular um muro de três metros de altura, viveu momentos de pânico e somente mais tarde, já debaixo das cobertas, recuperou a respiração normal. Adentrou a sala arrastando as sandálias e, ao perceber a expressão de pesar na cara de todos, jogou-se na poltrona, declarando:

— Eu tambem estou muito chateado.

A família se entreolhou sem compreender a adesão de Barata ao sentimento geral. Fez-se um longo silêncio até que Pat externou sua revolta diante do robocídio:

— Esses destruidores de robôs são uns imbecis! Uns marginais. Pena que a polícia não prendeu todos... Vândalos! Assassinos!

Barata levou um susto. Tinha arriscado a vida por uma causa que julgava nobre, pensava estar recebendo a solidariedade da família e de repente escutou a filha reduzir os adeptos de seu movimento a um bando de bárbaros debiloides.

— Não tô entendendo — disse ele. — Vocês estão do lado dos robôs?

A família não podia se referir a Plínio e ficou sem saber o que dizer. Patrícia escolheu as palavras para responder:

— Nesse caso sim, pai!

— Nesse caso? — Barata irritou-se. — Os robôs estão ocupando todos os postos de trabalho, desempregando todo mundo, inclusive EU, e vocês ainda ficam a favor deles? Onde vocês estão com a cabeça?

— Somos contra a violência e o vandalismo dessa tal Frente de Libertação dos Humanos! Ridículos! — continuou ela. — Um monte de débeis mentais achando que acabando com os robôs vão recuperar seus empregos. Babacas! É isso que eles são... uns babacas!

Barata quase enfartou de tanta raiva. Levantou-se num gesto brusco e rosnou:

— Essa não é minha família! Não dá pra conversar com vocês!

E saiu para tomar café no boteco da esquina.

A família deixou escapar a tensão em um suspiro coletivo. Tavinho olhou pela janela para se certificar de que o pai não se escondera atrás da porta e, ao vê-lo se afastando, voltou a falar de Plínio.

— Onde é o cemitério dos robôs?

— No ferro-velho! — respondeu o velho Juca.

— Nem pensar, vô! Vamos sepultá-lo como gente...

— Tavinho, os robôs foram queimados, despedaçados... — disse Pat. — Não viu as imagens na TV? Não vai dar para reconhecer as partes do Plínio...

— Quem sabe através de um exame de DNA? — ironizou o velho.

— Ou pela arcada dentária? — sugeriu dona Aurora, esquecendo-se de que Plínio não tinha dentes.

— Quero dar um enterro digno para ele! — disse Tavinho. — Tem gente que faz funeral até para seus cachorros, que não falam, não sabem contar...

— Não jogam xadrez!

— Não fazem empadinhas!

— Quero sepultá-lo nem que seja aqui no quintal!

— Periga nascer um pé de robô! — gozou o avô, que estava achando tudo aquilo um exagero.

— Vou ligar pro Rolando! — disse Pat, levantando-se. — Vou pedir a ele para dar um pulo na companhia e ver se cata os restos mortais de Plínio.

Antes que a moça pudesse alcançar o telefone fixo, seu celular tocou:

— Plínio vive! — gritou o detetive.

— Plínio vive! — repetiu Pat, aos berros.

A família exultou como num gol do Brasil na Copa do Mundo. Pularam, sorriram, se abraçaram e foi assim que Barata os encontrou ao retornar a casa. Se antes já não estava entendendo nada, diante daquela cena entendeu menos ainda.

— Que é isso? Que aconteceu? — perguntou, atônito.

Os quatro continuaram festejando sem lhe dar atenção.

— Que houve aqui? — berrou Barata.

— Pat vai se casar! — inventou Tavinho.

24

A grande questão que se colocava a partir daquele momento era: como levar Plínio de volta a casa, sem passar por cima do cadáver de Barata? Barata, todos sabiam, preferia a companhia do Diabo a coabitar com um robô.

Tavinho e Patrícia montaram um plano — com a concordância do avô e da mãe — e foram encontrar Rolando e Plínio no centro da cidade. Ao bater o olho no robô, o menino abraçou-o, beijou-o, desmanchou-se em lágrimas.

— Tá botando água pelo olho de novo? Tá? — perguntou Plínio, sem demonstrar qualquer afeto.

— Cara! Que legal! — exclamou o menino. — Nós pensávamos que você estivesse morto!

— Eu estava morto! Estava. Me sinto morto toda vez que sou desligado.

— Pois é! Achamos que tinha sido desligado para sempre...

Plínio não reagiu à informação. Estava mais interessado em fazer perguntas:

— Vamos jogar xadrez? Vou fazer empadinhas?!

— Antes vou levá-lo à oficina de João Lopes.

No encontro de Pat e Rolando também não faltou emoção. Apesar de terem estado juntos na noite anterior, abraçaram-se e beijaram-se (só não choraram) como se estivessem há meses sem se ver. A moça queria saber tudo sobre Plínio.

— Conta, meu fofo, conta... — e deu-lhe um beijinho na ponta do nariz.

Rolando explicou-lhe, entre carícias, como o robô havia se tornado o único sobrevivente da Companhia dos Carrinhos e confessou que só voltou à empresa, depois de tomar conhecimento da chacina, para recolher suas peças.

— Levei até uma caixa de papelão, benzinho.

— Quem poderia saber que ele sobrevivera? — Mais um beijinho.

— Quando cheguei, eles estavam começando a desparafusar o Plínio!

— E aí, o que você fez, chuchu? Diz pra sua paixão...

— Pulei em cima dos caras e obriguei-os a parar!

— Ui! Você é tão corajoso, meu herói! — Nova bitoca.

— Mas, para ter o robô de volta, tive que devolver o dinheiro que havia recebido.

— Aquele dinheiro não era do seu primo Barbas, fofinho?

— Era! — fez uma pausa — Mas o coração tem razões...

— Ó, meu príncipe valente! — cortou Pat. — Você fez tudo isso por mim?

— E, se mais houvesse, mais faria, paixão! — E os dois se beijaram, apaixonados.

No "Roboshopping", Tavinho revelou o plano a João Lopes.

— Vamos travestir Plínio de anão!

— É o único jeito de podermos levá-lo para casa — completou Pat. — Papai detesta robôs!

João Lopes achou a ideia genial.

— O disfarce poderá ficar quase perfeito — acrescentou o técnico — se conseguirmos coordenar os movimentos de seus braços e pernas, como nos seres humanos.

— Isso é possível? — animou-se o menino.

— Lógico! Utilizando *softwares* neurais que sincronizam os motores responsáveis pelo equilíbrio. Ele vai ser capaz de realizar tarefas usando ao mesmo tempo os braços e as pernas, conforme a situação exigir.

— Maravilha, João! — exultou Pat, dando um beijinho no rosto do técnico, que enrubesceu.

Rolando não gostou nem um pouco daquela manifestação de afeto.

— Eu me esqueci de apresentá-los — disse a moça, percebendo que criara um clima.

— Já nos conhecemos — antecipou-se o detetive, de mau humor. — Estive aqui à procura do Plínio... e ele mentiu para mim.

— Na ocasião você estava do outro lado — reagiu o técnico. — Não ia entregar Pat e Tavinho. Eles moram no meu coração.

João Lopes sustentava um antigo interesse por Patrícia, que sua timidez sempre manteve oculto. Pat devia saber — as mulheres sempre sabem —, ou não estaria se desdobrando em charme. Rolando, com seu espírito investigativo, sentiu alguma coisa no ar e tratou de encurtar o encontro:

— Vamos, então?

— Peraí, Rolando! — pediu Tavinho. — Temos que ver a nova cara de Plínio.

João Lopes já recebera um lote de faces humanas dos mais variados tipos: com bigode, sem bigode, cabelos louros, grisalhos, encaracolados, carecas, meio calvos (com cabelos só nas laterais), barbudos; sem falar nas dentaduras, um acessório à parte. O problema era a pele, de látex, material do qual João tinha apenas retalhos. O técnico teria que fazer emendas, e o robô ficaria cheio de costuras, tal qual um Frankenstein. Em compensação, sairia quase de graça.

— Vai demorar de três a quatro dias — informou João Lopes.

— É o tempo que levaremos para montar um enxoval para Plínio — brincou Pat.

— E para tratarmos de convencer papai a aceitar um anão — emendou Tavinho.

Plínio permaneceu na loja para fazer a "plástica" e ganhar um novo controle de coordenação motora. O menino foi circular pelos corredores do "Roboshopping", e Pat e Rolando saíram abraçados sabe-se lá para onde, depois que o detetive obrigou a namorada a jurar que nunca havia rolado nada entre ela e o tal João Lopes. No caminho, a moça fez um pedido:

— Sabe o que eu queria, paixão? Que você investigasse o papai.

— Isso é mais fácil do que tomar doce de criança, fofa. Qual o problema?

— Ele está muito esquisito. Aquela viagem, assim, de repente... Não sei o que anda fazendo... Não sei se tem outra mulher... Dá uma olhada nele?

— Deixe comigo, paixão. Saberei de tudo antes de o Plínio virar anão!

Beijaram-se, entraram num táxi e seguiram abraçadinhos.

TAXI

25

Não foram necessários mais do que três dias para Rolando descobrir a razão do estranho comportamento de Barata.

— Ele pertence à FLHU!

— O quê?? — gritou a moça. — Papai perdeu o juízo!

Patrícia juntou as peças e entendeu a reação exagerada de Barata quando ela caiu de pau em cima do movimento clandestino.

O detetive relatava sua façanha, vaidoso, em que pese o caráter elementar da investigação. Qualquer garoto teria feito a mesma descoberta. Foi só seguir Barata numa das noites em que saiu de casa anunciando que iria ao Sindicato.

— Eles se encontram nos fundos de uma igreja em Santa Teresa.

— Vou reunir a família — disse a moça. — Talvez tenhamos que internar o papai!

— Não será preciso, fofa. Ele apenas abraçou a causa errada. Sabe quem também estava lá? Meu primo Barbas!

— Mas ele não era gerente dos robôs na montadora?

— Foi demitido do cargo, substituído por um HRP4 de última geração.

— Nossa mãe! Daqui a pouco vamos ter um robô na presidência da República!

Rolando disse que a FLHU havia se reunido para

organizar um novo ataque, "amanhã, na calada da madrugada".

— Como é que você soube disso, fofo?

— Só não tenho a fama de Sherlock Holmes porque nasci no Brasil. Infiltrei-me entre eles disfarçado de entregador de *pizzas*!

— Barbas não o viu?

— Não, eu não tirei o capacete!

— Você é um gênio, paixão!

— Dessa vez eles vão invadir também o "Roboshopping", com um comando reforçado.

— Ai, meu Deus! Precisamos tirar o Plínio de lá!

— Fique tranquila, chuchu! Eu tenho um plano, ahn!

— Sim, mas também precisamos segurar papai em casa!

— Pode deixar que seu pai não vai a lugar nenhum, fofa.

O detetive ligou para o Disque-Denúncia. Para não haver risco de o aviso se perder pelos descaminhos da burocracia, ele e Pat entupiram a Central de Polícia de chamadas.

A ação da FLHU só não foi qualificada como um malogro retumbante porque nem chegou a acontecer. A polícia plantou-se em todos os pontos que seriam atacados, com a porta do camburão aberta como a boca de um jacaré, esperando pelos "invasores". Para que seu pai não fosse apanhado, Patrícia, seguindo a orientação de Rolando, botou um sonífero em sua água e ele não conseguiu despertar à meia-noite para se juntar aos outros. Barata somente tomou conhecimento do infortúnio no fim da manhã do dia seguinte, pela televisão. Então deu graças a Deus por ter dormido demais!

A FLHU foi desmantelada e encerrou sua curta carreira de atividades clandestinas de forma tão melancólica (e desastrosa) quanto os destruidores de máquinas na Revolução Industrial na Inglaterra. Diante disso, Patrícia preferiu não contar nada à família, na esperança de que o pai tivesse aprendido a lição.

Barata, porém, não conseguia tirar os robôs da cabeça.

26

Dona Aurora e Tavinho aproveitaram um dos raros momentos de bom humor de Barata, que estava refestelado no sofá, para dar início ao plano de retornar com Plínio à casa.

A mulher soltou um gemido: “Não aguento mais!”, fez uma pausa e reclamou que aquela rotina de acordar cedo — com o dia ainda escuro! —, arrumar a casa, fazer o almoço e ainda passar as tardes na rua vendendo empadas estava levando-a à mais absoluta exaustão.

— Isso está acabando comigo! — elevou o tom do lamento, olhando para o marido.

— Maria deu notícias? — perguntou Barata.

— Maria não vai voltar tão cedo. Essa fila de transplante de fígado não anda. Precisamos arranjar alguém para botar no lugar dela.

— Com que dinheiro?

Tavinho apareceu e entrou na conversa como quem não queria nada.

— Tenho um amigo que pode ficar no lugar da Maria, pai. Ele me disse que trabalha em troca de casa e comida.

— Um garoto igual a você, filho? — Barata sorriu, incrédulo. — O que ele sabe fazer?

— Ele não é um garoto, pai. É um anão!

Barata teve um sobressalto:

— Um anão?? — contraiu o rosto, reflexivo. — Tem tempo que não vejo um anão!

— Ele trabalha pra caramba, pai! — emendou o

menino. — Lava, passa, cozinha, conserta aparelhos quebrados e ainda joga xadrez!

— Um anão que faz tudo isso? É um anão ou um gênio da lâmpada? Você conhece ele, Aurora?

— Eu... bem, eu... Tavinho trouxe ele aqui quando você estava viajando. Parece ser um bom rapaz.

— É muito baixo? — continuou Barata.

— Baixinho. Não tem nem um metro e meio.

— Como é que ele vai alcançar o *freezer*?

— Ora, pai...

— Ele pode usar umas pernas de pau... — gozou Barata.

— Pai, não brinca! — Tavinho estava ansioso.

— Nada contra — olhou para o filho e deu seu veredito. — O que sua mãe decidir está bom para mim!

Os olhos de dona Aurora faiscaram de alegria.

Tavinho ligou rápido para dar a boa-nova à irmã, que devia estar atracada com o detetive em algum ponto da cidade. Em seguida, feliz da vida, telefonou para João Lopes.

— Se vai mudar sua identidade — disse-lhe o técnico —, é melhor você criar um programa com uma história de vida, para que ele possa responder como anão, e não como robô, a quem lhe fizer perguntas. Digite o texto na primeira pessoa e me mande.

O menino pediu ajuda a Patrícia e a Rolando, e os três elaboraram uma história para instalar em Plínio:

Meu nome é Plínio Palha. Tenho 28 anos e não completei o segundo grau. Sou de Brejal, um vilarejo próximo a São Lourenço, em Minas Gerais. Meus pais eram altos, meus irmãos são altos e não sei por que eu nasci tão pe-

quenino. Eu era o único anão do vilarejo. Trabalhei na lavoura do meu pai, mas, como queria conhecer o mundo, fui para São Lourenço engarrafar água mineral. Um dia passou um circo pela cidade, me apaixonei pela Mulher Barbada, larguei tudo e segui com a trupe. Percorri esse Brasil de ponta a ponta. No ano passado, fomos nos apresentar em Cabo Frio, no estado do Rio de Janeiro, e dei um flagrante na Mulher Barbada trocando carícias com o Engolidor de Espadas atrás dos elefantes. Abandonei o circo e fiquei por aí fazendo teatro mambembe. Meu último trabalho foi em uma peça chamada O Anão Gigante. *A peça saiu de cartaz, o elenco se dissolveu e não tive para onde ir. Foi quando conheci Tavinho, que me convidou para trabalhar na sua casa. Essa é minha história.*

O menino levou um tremendo susto ao reencontrar o robô: cabelos louros encaracolados, testa larga, olhos castanhos, meio dentuço, com um narizinho pequeno, mãos rechonchudas como as das bonecas. João Lopes só não conseguiu botar o robô com aquelas perninhas tortas típicas dos anões. Ligou o autômato e fez que ele desse uma volta em frente à loja. Nada que lembrasse os movimentos rígidos da maioria dos robôs. As articulações nos joelhos e cotovelos lhe permitiam caminhar com a mesma desenvoltura dos seres humanos.

— Está ótimo, João! — alegrou-se Tavinho, impressionado. — Hollywood não faria melhor!

O menino apanhou uma roupa na mochila e vestiu Plínio, auxiliado pelo técnico, que ainda teve que bancar o costureiro para ajustar o comprimento das calças. Depois fecharam todos os botões, para deixar o mínimo de "pele" remendada à vista.

Tavinho retornou para casa a pé, um longo percurso, e lembrou-se do dia em que conduziu o robô pelo mesmo caminho, mostrando-lhe alguns hábitos e costumes da sociedade dos homens de carne e osso. Na cabeça do menino parecia fazer um tempão! Plínio "cresceu" tanto de lá para cá! Dessa vez, no entanto, o garoto teria que ir além. Teria que ensinar o robô a "se tornar gente", com todas as fraquezas e imperfeições dos seres humanos.

— Agora você vai se comportar como um anão, uma pessoa... Não precisa fazer tudo certinho. Pode errar, se confundir, ficar com preguiça...

— O que é preguiça? O que é?

— É... corpo mole... falta de disposição para fazer as coisas. Um dia você pode acordar com preguiça. Os humanos são cheios de defeitos. Às vezes fracos ou imorais, ou mesquinhos... Estamos longe da perfeição dos robôs!

— Fracos, imorais, mesquinhos? — repetiu Plínio. — Eu não sei nada disso. Nada!

— Nem pode! São sentimentos. Vocês não têm sentimentos!

— Como é que vou ser humano sem sentimentos? Como?

— Terá que fingir. Papai não pode desconfiar que você é um robô!

— Como vou fingir uma coisa que não sei? Como? Não sei o que é "mesquinho"!

— Mesquinhez é... Pode ser avareza, falta de generosidade, apego exagerado ao dinheiro...

— Não sei! Nunca tive dinheiro!

Tavinho se deu conta de que a tarefa de fazer Plínio se passar por um ser humano era muito mais complicada do que simplesmente transformá-lo em um anão. Sentou-se em um banco da praça, reuniu toda paciência do mundo e resolveu expor ao robô algumas imperfeições dos humanos. Começaria pelo básico: os sete pecados capitais. De cara descartou a Gula e a Luxúria, porque robô não come, muito menos se entrega aos prazeres da carne (ou do látex). Já havia abordado a Preguiça, a Avareza e falou da Inveja.

— Papai, por exemplo, morre de inveja dos robôs!

— Isso é bom?

— Isso é péssimo, Plínio! Mas muitas pessoas convivem com esse sentimento. Alguns anões têm inveja de homens altos. É péssimo, porque você deixa de cuidar da sua vida para desejar ter a vida dos outros. Acaba envenenado por esse "olho gordo"...

— Conta mais. Conta!

— A Soberba é outro pecado capital.

— Não sei nem o que é pecado. Não sei.

— É... digamos, uma transgressão da lei de Deus.

— Deus??

— Deixa pra lá.

— Lá na montadora os homens falavam "Deus o guarde", "Deus me livre", "Que Deus me ajude"... Quem é Deus?

— É um ser infinito e perfeito que criou tudo: o universo, as pessoas...

— Ele é perfeito?

— Mais perfeito que você — brincou o menino.

— Se ele é perfeito, por que criou as pessoas imperfeitas?

Tavinho precisou pensar um pouco para responder:

— Acho que ele criou as pessoas imperfeitas porque se elas fossem perfeitas não iriam precisar Dele.

O menino falou rapidamente sobre o pecado da Soberba, que significa arrogância, presunção, e ele nem sabia explicar direito. Encerrou a "aula" com a Ira, sentimento muito comum entre os humanos.

— Você vai ver papai irado muitas vezes. Atenção nessas horas!

Em seguida orientou o robô a ter pequenos cuidados para não se denunciar: nada de fazer contas quilométricas de cabeça; não girar o pescoço a cento e oitenta graus; não mastigar CDs nem DVDs.

— E vê se não fica fazendo muitas perguntas ao papai.

Tavinho sabia do risco de Plínio "pisar na bola", mas procurava confiar em sua inteligência e capacidade de aprendizado. Pegou o robô pela mão, olhou para o céu e clamou:

— Seja o que Deus quiser!

Quando entraram em casa, Barata cochilava na poltrona da televisão.

27

O menino cutucou o pai, que despertou meio sonolento e, ao ver aquela figurinha parada à sua frente, imaginou-se num sonho. Estendeu a mão ao anão:

— Muito prazer.

— Meu nome é Plínio Palha. — O robô começou a dizer o texto programado.

— Sou Antonio Barata, pai do Tavinho.

— Tenho 28 anos e não completei o segundo grau — continuou.

— Eu também não — retrucou Barata.

— Nasci em Brejal, um vilarej...

Não concluiu a frase. Dona Aurora surgiu e atropelou suas palavras.

— Plínio! Que bom que você chegou! Venha! Quero mostrar seu quarto — e saiu arrastando o robô para a área de serviço.

— Vou fazer empadinhas? Vou? — perguntou Plínio, se afastando.

Barata escutou e estranhou:

— Como é que ele sabe dos quitutes da sua mãe?

— É que... quando ele esteve aqui, durante sua viagem, mamãe ensinou-o a cozinhar — disfarçou o menino.

— Ele não trouxe bagagem?

— Aqui! — Tavinho mostrou a mochila. — Roupas de anão são pequenas...

— Meio esquisitinho ele, não?

— É um anão como outro qualquer. Eles são ótimas pessoas...

— Não acredito que seja um substituto à altura de Maria — brincou o pai, enfatizando a "altura".

— Tamanho não é documento!

— Tomara que dê certo — desejou Barata.

Tornou a ajeitar-se na poltrona, fechou os olhos e voltou ao cochilo.

28

Os dias foram passando e Plínio foi exibindo sua extraordinária capacidade de fazer e acontecer. Aprendeu a sair sozinho, a ir à padaria, ao jornaleiro, ao açougue (sempre estranhando aqueles pedaços de carne expostos). Custou um pouco a entender a razão de ser das farmácias.

— Remédios? Pra que remédios?

— Pra combater algum mal, alguma doença...

— Vocês não vão pra "oficina"? Não vão?

— Só em último caso, Plínio.

— Por que tanto remédio? Por quê?

— Porque os humanos têm muitos problemas de saúde...

O robô deu uma olhada de alto a baixo no menino e comentou:

— Poxa! Vocês são um bocado imperfeitos!

O robô acompanhava dona Aurora ao supermercado e carregava as sacolas no braço, sem carrinho. Sua força física tornou-se conhecida e, toda vez que não se conseguia abrir uma tampa, Plínio era chamado — para a irritação de Barata, que não admitia ser mais fraco que um anão. Na cozinha, recuperou a qualidade das empadas e tornou a aumentar a produção. Dona Aurora não precisava mais acordar de madrugada e via seu negócio prosperar a ponto de poder saldar dívidas atrasadas. Às vezes chegava da rua com uma roupinha de presente para Plínio, que comprava em lojas de criança.

O robô, como todo robô que se preza, não ligava para roupas. Se deixassem, usaria sempre a mesma (ou nem usaria, de preferência). Para não levantar suspeitas, Tavinho ou Pat trocavam-nas todos os dias. A família mantinha-se atenta para que Plínio levasse uma vida normal aos olhos de Barata. O sono de Plínio era outra preocupação. Como ele não dormia — era desligado —, Tavinho trancava a porta do quarto de empregada por fora e ficava com a chave. Certa noite, Barata foi bater no quarto à procura de uma ferramenta. Bateu, esmurrou e não obteve resposta.

— Quase derrubei a porta e ele não acordou — reclamou de volta à sala.

— Plínio tem o sono muito pesado, pai — explicou o filho.

— Do jeito que ele trabalha o dia todo... — reforçou a mãe.

— O impressionante é que esse anão não se cansa. Trabalha feito uma mula e não vejo ele suar, nem chiar, nem ficar ofegante. Termina o dia com a mesma cara que começou — comentou Barata.

— Ele tem um excelente preparo físico — acrescentou o velho Juca. — Já foi corredor de maratona.

Volta e meia era preciso inventar explicações.

Barata saía todos os dias para procurar emprego ou para jogar dominó com outros colegas desempregados no bar em frente ao Sindicato. O menino aproveitava essas ocasiões para aconselhar o robô.

— Papai está impressionado com sua disposição. Você precisa ficar cansado...

— Cansado? Como é "ficar cansado"?

Vai explicar o que significa "cansaço" para alguém que jamais se cansa!

— Faz o seguinte, Plínio: quando passar por ele,

murmure algo como "Que canseira" ou "Estou exausto"...

— Estou exausto? Pode deixar! Estou exausto.

— É bom também, vez por outra, se queixar de dor de barriga, dor de cabeça...

— Onde fica a barriga? Onde?

— De vez em quando pode deixar cair um copo no chão...

— Vai quebrar!

— Não tem importância. Todo ser humano deixa cair coisas da mão!

Mesmo passando a maior parte dos dias na rua, Barata foi percebendo, com a convivência, algumas atitudes estranhas no anão que escapavam à atenção da família. Um dia comentou com o filho que nunca tinha visto o amigo ir ao banheiro.

— Mas ele vai, pai.

— Ele não toma banho? O boxe do chuveiro está sempre seco.

— É que ele seca tudo direitinho depois do banho. Plínio tem mania de limpeza.

— O rolo de papel higiênico continua inteirinho...

— Bem, pai, tem gente que prefere usar água. Ele se lava na pia.

— Na pia? Daquele tamaninho? Como é que ele bota a bunda na pia?

O tubo de pasta de dentes permanecia intocado.

— Ele é alérgico, pai. Só faz bochechos.

Barata jamais vira Plínio sentado diante de um prato de comida.

— Nem vai ver, pai! Do jeito que ele se entope de empadas...

Também não passou despercebida a topada que

o anão deu no pé da mesa de jantar (arrancou uma lasca de madeira), sem gritar, sem dizer um palavrão.

— Ele é muito educado, pai.

— Mas nem gritou de dor?

— Vai ver não pegou de jeito!

Uma noite em que Plínio e Tavinho jogavam xadrez, Barata aproximou-se por trás do robô e carinhosamente tocou-lhe o ombro. Uma estranha sensação subiu-lhe pelas mãos: a de ter tocado em algo mais rígido do que ossos e músculos, por baixo da roupa. Avolumavam-se em Barata as desconfianças de que algo estava errado com aquele anão.

Algum dia as suspeitas teriam que se transformar em certeza. Aconteceu na manhã em que Barata retornou mais cedo a casa para pegar um documento e presenciou uma cena inimaginável: o *rottweiler* do vizinho no meio da sala abocanhando a batata da perna de Plínio, que não sangrou nem uma gota. Pior — o cachorro quebrou os dentes e fugiu ganindo, com o rabo entre as pernas. Barata, perplexo, perguntou ao anão:

— Você não sentiu a mordida?

Plínio já ia devolver a pergunta — "O que é mordida?" —, mas lembrou-se das recomendações de Tavinho e tratou de seguir em frente.

— Não! Não senti.

Ali Barata se deu conta de que aquela figurinha poderia ser qualquer coisa, menos um ser humano. Poderia ser um zumbi, um extraterrestre, um boneco de ventríloquo articulado ou... Resolveu confirmar suas desconfianças, parou diante de Plínio e, como se não o conhecesse, falou:

— Muito prazer!

— Meu nome é Plínio Palha! — respondeu o robô.

— Muito prazer — repetiu Barata, de propósito.

— Meu nome é Plínio Palha — tornou a dizer o anão.

— Muito prazer!

— Meu nome é Plínio Palha (*pausa*). Tenho 28 anos e...

— Ah, miserável! Você é um robô! — gritou Barata, metendo a mão na cara de Plínio e arrancando-lhe a face humana.

— Não sou um robô. Estou com dor de barriga! — defendeu-se Plínio.

— É sim! Você não me engana mais!

— Estou exausto!

Barata fixou o olhar e seu rosto ganhou uma expressão de espanto:

— Você?? Você, aqui?? Foi você quem tomou meu emprego na montadora!

— Eu não! Eu não! Tenho Ira e Avareza e Soberba e...

— Você, sim! Vi você saindo da sala da presidência. Você passou por mim... seu papagaio de metal! — E avançou para cima de Plínio aos berros. — Morte aos robôs! Morte aos robôs!

Por sorte, Patrícia e o detetive tinham acabado de chegar da noitada da véspera e estavam se beijando no portão da casa. Ouviram os gritos, correram para dentro e seguraram Barata.

— Pai! Pai! Larga o Plínio! Que é isso? Você vai matá-lo! Para! Para!

Barata continuou batendo com a cabeça do robô no assoalho (a dentadura foi parar longe), até que Rolando deu-lhe uma "gravata" e o manteve imobilizado.

— Calma, seu Barata! Fica frio! O senhor não pode fazer isso! Calma! Ahn!

O pai, com a cara encostada no chão, obrigou Patrícia a se abaixar:

— Pai! Você pirou? Que doidice! Ficou maluco?

— Ele roubou meu emprego na montadora! — rosnou.

— Contenha-se, pai! Você não está na FLHU!

Ao saber que a filha conhecia seu segredo, Barata só não ficou branco porque Rolando apertava-lhe o pescoço. Relaxou o corpo, o detetive soltou-o, ele se levantou e, envergonhado, perguntou a Pat:

— Como você soube?

— Você esquece que namoro um detetive?

— Sua mãe também sabe?

— Não, só eu e o Rolando.

— Vai dizer pra ela?

— Não, se você se comportar.

— Mas ele tomou o meu lugar... — disse, apontando para o robô caído.

— Que besteira, pai! Você fala como se Plínio tivesse decidido ficar com seu emprego. Ele é apenas uma máquina! Para com isso! Plínio tem sido tão dedicado, tem nos ajudado tanto... Olha só o que você fez com ele!

Rolando botou Plínio de pé, devolvendo-lhe a dentadura: era um anão todo vestido, com a cabeça metálica de um robô e uma boca cheia de dentes.

— Meu nome é Plínio Palha! Estou com dor de cabeça!

29

Ficou combinado que o lamentável episódio seria encerrado ali. Ninguém contaria nada ao resto da família, desde que Barata fizesse seu papel, fingindo acreditar que Plínio era um anão. Feito o acordo, cada um saiu a cuidar de sua vida, deixando o robô sozinho em casa.

Dona Aurora voltou do médico com o pai e encontrou a cozinha de pernas pro ar. Havia massa de empada grudada até no globo do teto.

— Meu Deus!! Que aconteceu aqui?? — exclamou, horrorizada.

— Não disse que não se pode confiar nessas máquinas! — resmungou Juca.

Nisso surgiu o robô, vindo da área de serviço, e dona Aurora quase desmaiou ao vê-lo:

— Mãe santíssima! Plínio! Que houve? Quem lhe torceu o pescoço?

Na pressa de arrumar as coisas depois da briga (antes que alguém chegasse), Rolando enfiou a máscara humana ao contrário e o robô ficou com o rosto virado para as costas.

— Estou cego! Completamente cego! — dizia Plínio, esbarrando nas paredes.

— E agora? — gritou Aurora, aflita. — Eu não sei desligar...

— Pega ele! Pega! — ordenava Juca. — Pega que eu boto a cara dele no lugar! Pega, ou vamos morrer aqui sufocados por essa bolha de massa!

Eis que surgiu Tavinho, vindo da escola (os heróis

sempre aparecem na hora H!), e tomou as devidas providências para que o robô "voltasse a enxergar".

— Que é isso, Plínio? Como é que sua cara foi parar nas costas?

— Seu pai cismou que sou um robô! Ele me bateu! Só apanhei assim no jogo de futebol da fábrica! Cadê a bola? Meu nome é Plínio Palha!

Patrícia, Rolando e Barata tinham feito o acordo de manter segredo, mas se esqueceram de avisar o robô.

Patrícia esclareceu à mãe, ao irmão e ao avô a ocorrência daquela manhã, que, segundo ela, teve seu lado bom: serviu para normalizar as relações da família. O fato de Barata ter descoberto a verdadeira identidade de Plínio proporcionou um grande alívio a todos. Ninguém precisaria mais fingir, mentir, inventar, esconder, e a vida voltaria a fluir às claras. Restou, como único segredo, a participação de Barata na FLHU, algo que o passado enterrou e o futuro faria esquecer.

À noite, a família vestiu sua melhor roupa para aguardar a visita oficial de Rolando, que iria pedir Pat em casamento. Barata foi o último a aparecer na sala, mostrando um visível acabrunhamento. Tavinho procurou "encher a bola" do pai:

— Você foi sensacional! Nós todos queremos agradecer seu espírito de compreensão ao aceitar a permanência de Plínio.

— Acho que também lhe devemos desculpas, pai — acrescentou Pat —, pelo fato de o termos enganado durante todo esse tempo. Mas não havia outra forma de manter Plínio entre nós...

— Felizmente tudo isso passou. Vamos retomar nossa vidinha de sempre, honesta, sem trapaças — disse Aurora, aproximando-se do marido e dando-lhe um carinhoso beijo na testa.

Aproveitando que Plínio permanecia na cozinha terminando de preparar os quitutes do noivado, Tavinho sugeriu ao pai que fosse pedir desculpas a ele pela agressão.

— Isso não! — reagiu Barata. — Isso é demais para mim! Pedir desculpas a um robô?? É a suprema humilhação!

— Não é um robô qualquer, pai! — insistiu o menino.

— Negativo! Ele é que tem que me pedir desculpas por ter me tomado o emprego.

— Pai! Vai começar de novo?? — chiou Patrícia.

Barata balançou a cabeça e levantou o braço, como que solicitando um aparte em uma assembleia de metalúrgicos.

— Gostaria de pedir a vocês que jamais digam, a quem quer que seja, que temos um robô dentro de casa.

— Qual o problema, pai? — perguntou o filho. — Hoje os robôs estão por todos os lados. Não viu a pesquisa na TV? Tem mais robôs do que animais de estimação nas residências...

— Escuta, filho, todo mundo sabe da minha luta contra esses papagaios de metal. Se descobrirem que convivo com um robô que arruma minha cama e engraxa meu sapato, vou ficar desmoralizado. Vão me expulsar do Sindicato.

— OK, pai! Prometemos silêncio — concordou o menino — se você pedir desculpas ao Plínio!

Barata relutou, mas a ideia de uma comissão do Sindicato rasgando sua carteirinha e acusando-o de renegado fez com que se dobrasse à proposta do filho. Logo formou-se uma nuvem de expectativa sobre a cabeça de todos, à espera do encontro dos dois.

30

Plínio surgiu carregando uma bandeja de canapés. Patrícia pulou do sofá, tomou-lhe a bandeja das mãos e levou-a de volta para a cozinha:

— Vamos esperar pelo meu noivo!

O robô permaneceu parado no meio da sala, sem saber o que fazer. As pessoas convergiram seus olhares para Barata, como que a dizer-lhe: "A hora é essa". Barata pigarreou, respirou fundo, coçou a cabeça, procurou as palavras e, diante de um silêncio de cemitério, abriu o verbo:

— Plínio, eu... eu queria dizer que sinto muito pelo que aconteceu hoje de manhã. Foi... foi uma atitude impensada e... violenta. Eu... eu não poderia ter agredido você. Não tenho o direito de fazer essas coisas com ninguém, mesmo que seja um robô que não sente dor... Quer dizer, principalmente com você, que tem ajudado tanto e permitido à minha família sair do sufoco com suas empadas. Quero... quero, portanto, aqui, diante de todos, pedir desculpas pelo... pelo meu gesto. Você... você me desculpa?

O robô, que jamais ouvira alguém se dirigir a ele nesses termos, limitou-se a dizer:

— O que é desculpa? O que é?

Rolando entrou acompanhado do primo Barbas, que substituiu o falecido pai do detetive no cerimonial do noivado. Uma inesperada presença que fez tremerem os alicerces de Barata. Os dois se conheciam da finada FLHU, mas é claro que, no momento das apresentações, Barata fingiu nunca ter visto Barbas mais gordo. O primo do detetive, por sua vez, "ficou na dele", consciente de que movimentos clandestinos não eram assunto para reuniões sociais.

Plínio também identificou Barbas dos tempos da montadora, associou-o ao ferro-velho e tratou de sair de fininho da sala. Uma retirada que proporcionou grande alívio a Barata, receoso de que Barbas percebesse o robô por baixo do anão. Quanto aos demais, pareciam navegar felizes em um mar de rosas. Os nubentes se abraçaram (como se não se vissem há meses!), e foi preciso uma intervenção de Tavinho para que se soltassem:

— Olha aí, gente boa! — disse aos dois. — Agora é só o noivado!

A conversa, como sempre acontece nessas ocasiões, custou a engrenar. Uma observação sobre o tempo aqui, um elogio de Rolando à futura sogra ali, um comentário sobre a violência urbana... O papo apenas ganhou calor e velocidade depois que Barata confessou que estava prestes a "comemorar" um ano sem trabalhar.

— A culpa é da automação! São esses robôs que estão empurrando todos nós para o desemprego — afirmou Barbas, na certeza de que suas palavras teriam repercussão no companheiro do extinto movimento.

Barata, porém, não mugiu nem piou. Vontade não lhe faltou de iniciar ali um inflamado discurso de apoio, nem que fosse por pura encenação. Mas será que a família iria entender? Preferiu dar um gole na cerveja. Pat reagiu à afirmação de Barbas.

— Não era essa sua opinião quando supervisionava os robôs na montadora!

— Você conhece minha história? — sorriu Barbas.

— Talvez mais do que você. Vou me casar com um detetive que é seu primo.

— Então você não responsabiliza os robôs por essa crise no mercado de trabalho?

— Claro que não! Isso não aconteceu de uma hora para a outra. Os humanos é que foram imprevidentes por não se prepararem para a chegada deles. — E enfatizou: — Isso era inevitável!

Barbas se remexeu na poltrona com uma expressão de surpresa, pois julgava estar no meio de uma torcida antirrobôs.

— Você fala como se tivesse um androide de estimação — provocou Barbas. — Qual é sua atividade?

— Sou psicóloga!

— Logo vi! É por isso que não se preocupa com essa invasão. Robôs não têm alma. Não ameaçam sua atividade...

— Está querendo dizer que defendo uma posição egoísta? Estou sendo apenas realista. Não adianta ficar crucificando essas máquinas.

Patrícia, por tabela, falava também para o pai, que suava frio diante daquele "tiroteio", com medo de que uma bala perdida jogasse Plínio na conversa. Antes que o bate-boca esquentasse, Rolando tratou de intervir.

— Pat está pensando que você tem raiva dos robôs, primo. Conta pra ela o que anda fazendo...

— Sou um homem generoso. Os robôs me desempregaram e hoje eu dou emprego a eles — ironizou Barbas. — Estou produzindo espetáculos de circo e teatro só com robôs! Agora mesmo tenho em cartaz *Romeu e Julieta*, de Shakespeare.

— *Romeu e Julieta*? — espantou-se o velho Juca. — Mas é uma história de amor! Robôs não entendem nada de amor!

— Mas têm uma facilidade enorme para decorar o texto — replicou Barbas.

— Não basta saber o texto de cor — acrescentou Pat. — É preciso expressar emoção, sentimentos...

— Pois aí está a razão do sucesso. Uma peça que fala de amor... sem amor!

Barbas prometeu uns convites à família, e dona Aurora foi buscar Plínio na cozinha para servir os salgadinhos (basicamente empadas). Barata, nervoso, puxou a mulher discretamente pela ponta da saia e murmurou-lhe no ouvido:

— Deixa o Plínio lá dentro.

— Por quê, Barata? — perguntou dona Aurora, surpresa.

O marido teve que improvisar um motivo:

— Ele vai começar a fazer perguntas. Ninguém mais vai poder conversar.

— Que bobagem! Ele se comporta muito bem na frente das visitas.

— Como é que você sabe? Nunca tivemos visitas!

A mulher se afastou com um muxoxo. O robô entrou na sala e, para a felicidade de Barata, o primo do detetive não apenas não notou nada de estranho, como entusiasmou-se ao ver à sua frente o tipo que ele procurava para trabalhar na sua próxima peça, *Branca de Neve*. "Pena que não seja um robô", pensou ele, apresentando-se:

— Muito prazer.

— Meu nome é Plínio Palha!

— Bonito nome para um anão — disse Barbas, gentil.

— Tenho 28 anos e não terminei...

— Engraçado! — interrompeu o outro. — Sua voz me lembra a de um androide que havia na montadora e...

— Estou sentindo cheiro de queimado!! — gritou Barata.

— Eu também! — concordou Rolando, pegando Plínio pelo braço e arrastando-o para a cozinha.

O detetive também tinha sua parcela de interesse em manter o robô longe da sala.Vai que seu primo descobrisse que Plínio continuava vivo! Barbas era cara de pau o bastante para cobrar o dinheiro diante da família de sua noiva.

— Curioso — prosseguiu Barbas. — Ele também se chamava Plínio!

— Puxa! Que coincidência! — exclamou Tavinho.

— Hoje existem muitos robôs de nome Plínio — comentou dona Aurora, pretendendo reforçar a coincidência.

— Robôs e anões! — emendou Pat, por via das dúvidas.

— Ele era um excelente robô! — continuou Barbas, reflexivo. — Infelizmente ficou obsoleto. Foi vendido a uma metalúrgica, caiu do caminhão na viagem e sumiu no mundo.

— Essas coisas acontecem... — balbuciou dona Aurora, em tom fatalista.

— Teve alguma notícia dele, primo?

— Nenhuma! — disse Rolando, de volta da cozinha. — Ouvi dizer que ele apareceu na metalúrgica e, como já lhe falei, foi destruído naquele ataque da Frente de Libertação dos Humanos! É tudo o que sei.

Barbas disfarçou e mudou de assunto (para desafogo de Barata). Não lhe parecia oportuno falar da FLHU naquele momento.

Cumprindo a "liturgia" da ocasião, Rolando pediu a mão de Pat a Barata. A família, então, ergueu um brinde ao casal, que se abraçou, se beijou e teria permanecido a noite inteira com os lábios colados, se o garoto não voltasse a intervir, imitando juiz de luta livre:

— Separa! Separa!

A reunião foi se desfibrando, surgiram os primeiros bocejos, o velho Juca pediu licença para se retirar e as visitas apresentaram suas despedidas, com Tavinho se interpondo entre os noivos. Os de casa recolheram-se aos seus quartos e Barata, se dizendo sem sono, permaneceu na sala. Queria ter uma conversa particular com o robô.

— Diga-me uma coisa, Plínio. Na sua opinião, por que as empresas preferem os autômatos aos humanos?

— Não sei. Será porque os robôs não vão ao banheiro? Será?

— Você gostava do seu emprego na montadora?

— Não era emprego. Era trabalho. Só trabalho.

— É isso que me intriga. As empresas tiram o couro dos robôs e vocês parecem viver muito bem desse modo.

— Vocês, não! Eles! — Plínio corrigiu, o que Barata entendeu como se ele estivesse se referindo aos robôs das empresas.

— Por que os robôs não criam um sindicato? Uma associação que se sente à mesa com os patrões para defender a categoria?

— Que é sindicato? Que é associação? Que é categoria? Que é?

— Vocês não têm nem carteira assinada!

— Fala com eles para assinar. Não sou mais robô. Meu nome é Plínio Palha.

— Você não é mais robô? Claro que é! Você não sente dor! Não sente sono! Não almoça nem janta!

— Não me vejo robô! Olho no espelho e não me vejo!

— Porque fantasiaram você de gente.

— Agora tenho pele — e abriu a camisa no peito. — Agora sou anão! Anão! Anão!

— Anão é um ser humano. Tem emoção e sentimentos. Você tem sentimentos?

— Tô com dor de barriga. Tô com preguiça, cansado e com dor de barriga.

Barata se remexeu no sofá, assumindo uma pose de pensador:

— Sabe, Plínio? Devo admitir que às vezes tenho inveja de você.

— Do jeito que me bateu pensei que tivesse ira.

— Aquela briga me fez pensar...

— Tem soberba também? Tem?

— Cheguei à conclusão de que a vida é muito melhor sem emoções nem sentimentos — prosseguiu Barata. — Veja você! Não discute, não se irrita, não se revolta, não se deprime... Robô não sofre como as pessoas. Robô nem fica doente.

— Quero tomar remédio! Quero botar água pelos olhos e tomar remédio! Eu quero!

— Pirou! — gemeu Barata, desistindo de continuar a conversa. Levantou-se, deu boa-noite ao robô e se retirou, pensando que, apesar de pertencer a um sindicato e ter carteira assinada, estava desempregado. Desempregado, sem dinheiro, com insônia e dor nos rins. "Realmente a vida de um ser humano é muito complicada", concluiu consigo mesmo, enquanto remexia o armário do banheiro atrás de um remédio.

31

A família jantava na santa paz do Senhor, com os olhos pregados na telenovela, e levou um choque ao ver adentrar a sala aquele homem de lata, que mais parecia o personagem do velho filme *O Mágico de Oz*. Barata estava irreconhecível "vestido" de robô.

— Que é isso, pai? Enlouqueceu? — perguntou Tavinho, recuperando-se do susto.

— Estou treinando para virar um androide! — respondeu o pai, chacoalhando as chapas de alumínio que lhe envolviam o corpo.

— Virar robô? Por quê? — indagou Pat, irônica. — Desiludiu-se com a espécie humana?

— A montadora abriu cem vagas para autômatos! — anunciou Barata, feliz.

— E você acha que basta se cobrir de lata para virar robô? — perguntou a filha.

Barata tinha a resposta pronta:

— Me admira você, Pat! Uma psicóloga! Vestido de robô vou entrando no clima... Foi o terapeuta do Sindicato quem me deu essa dica!

— O Sindicato aderiu aos robôs? — indagou o sogro, irônico.

— Os tempos mudaram, seu Juca.

— Vá tirar essa roupa, Barata! Você está ridículo! — ordenou a mulher.

— Isso não é roupa, Aurora. É minha nova pele!

— Onde o senhor mandou fazer essa... pele? Ahn? — perguntou Rolando.

— Na oficina de lanternagem de um ex-colega da montadora.

— Eu não vou deitar com essa montanha de ferro do meu lado — chiou dona Aurora. — Vá procurar outro lugar para dormir!

Barata não dava ouvidos. Andava de um lado para o outro se exibindo como em um concurso de fantasias, com os pedaços de lata se batendo, ruidosos.

— Quer dizer que o homem que tinha ódio dos robôs agora virou um deles? — perguntou Juca.

— Se você não pode vencer o inimigo, junte-se a ele! — disse Barata, num tom de citação.

— Vou logo avisando que não saio com você assim! — sentenciou dona Aurora.

— Qual o problema? Vocês não convivem com um autômato que se considera gente? Por que não podem conviver com uma pessoa que quer virar robô?

Barata silenciou a família com a lógica do seu argumento. Aproveitou-se do embaraço geral e prosseguiu:

— Plínio está se achando gente mesmo! Juro! Diz que quer tomar remédio, se queixa de dor de cabeça...

— Ora, pai, ele agia assim por orientação nossa — disse Pat —, para você pensar que ele era um ser humano.

— Só que ele passou a acreditar que é um anão. Ele me falou que não é mais robô! Está pirando! Precisamos ter cuidado, porque, quando um robô endoida, ninguém segura...

A família se entreolhou e, depois de um curto silêncio, dona Aurora se manifestou:

— Sabe que acho que você tem razão, Barata. Outro dia eu vi Plínio sentado no vaso sanitário!

— Eu também vi! — endossou Tavinho. — E o rolo de papel higiênico dele está pela metade.

— Será que ele está... defecando? — indagou o velho Juca.

— Como? Ele não se alimenta! Pra mim ele tá é surtando — sentenciou Pat.

— Temos que fazê-lo voltar a se "sentir" um robô — sugeriu Tavinho.

— Claro! O disfarce de anão não faz mais sentido — acrescentou a irmã.

— E aí? Vamos ficar com dois autômatos dentro de casa? — aparteou o velho.

— Papai vai tirar essa lataria de cima! — afirmou Pat.

— Não vou, não senhora! Da mesma maneira que Plínio se sente gente por estar vestido de anão, eu também vou acabar me sentindo um robô, vestido como tal.

— E vai pirar como ele! — completou dona Aurora.

A conversa andava em círculos. Foi preciso uma intervenção serena do detetive Rolando para que prevalecesse o bom-senso.

— O senhor não vai aguentar muito tempo parecendo sardinha em lata. Vai derreter aí dentro! Por que não faz um curso intensivo para robô? Existem tantos na cidade. Eles estão na moda, como um dia estiveram os cursos de inglês, de informática... Vai ser muito mais proveitoso!

— Já pensei nisso... mas cadê o dinheiro?

— Eu pago! — comprometeu-se Rolando.

Barata ficou de pensar na proposta.

32

Plínio estava convencido de que era um anão, mas sua natureza era a de um robô, de modo que não exteriorizou qualquer sinal de contrariedade quando Pat e Tavinho aproximaram-se para fazê-lo "cair na real". Os dois cercaram o robô, lhe tiraram as roupas, cortaram com uma tesoura o látex que envolvia seu corpo e lhe retiraram a dentadura e a face humana.

— Estou nu! Nuzinho! — disse, se observando.

— Nada! Você está de volta às origens! — afirmou o menino.

— Os robôs, como as pessoas, devem ser autênticos — incentivou Pat. — Você fica muito melhor assim!

— Estou medonho! — reagiu Plínio, diante do espelho. — Os humanos podem ter muitas fraquezas, mas são bem mais bonitos do que os autômatos.

— Impressão sua, Plínio — a moça procurou reconfortá-lo. — O que vale é a beleza interior.

— Eu tenho interior? Tenho?

Pat recolheu as outras roupas, a escova e a pasta de dentes, o sabonete, o papel higiênico, as toalhas, a roupa de cama, enfim, todos os apetrechos necessários a um humano e desalojou Plínio do quartinho de empregada.

— Onde é que vou dormir? Onde?

— Esquece, Plínio! — disse o garoto.

— Esquece tudo o que lhe ensinamos e volta a ser o que você sempre foi!

— O que fui não sou mais! Não sou!

Na prática, a vida de Plínio não mudou em nada. Ele continuou produzindo empadas da melhor qualidade e cumprindo religiosamente sua rotina.

Um bom observador, no entanto, perceberia que alguma coisa mudara dentro dele, alguma coisa que escapava à compreensão da Ciência. Ou porque curtiu muito viver dentro da pele de um ser humano ou por causa da convivência diuturna com pessoas de carne e osso, o fato é que as pequenas lâmpadas de seus olhos já não brilhavam como nos tempos de anão.

Num fim de tarde, voltando da padaria, Plínio

cruzou com Barbas, que tinha ido entregar os convites de sua peça teatral à família. Barbas passou por ele, deu dois passos, parou, virou-se e gritou:

— Plínio?

O robô girou a cabeça e os dois ficaram frente à frente.

— Plínio! — repetiu Barbas, elevando o tom.

— Não! Ferro-velho, não! — disse o robô, imóvel.

Barbas avançou para ele, braços abertos:

— Plínio, querido! Você está vivo! Que coisa boa encontrá-lo! Disseram que você tinha sido destruído no ataque à metalúrgica! Como é que você está?

— Obsoleto! Estou obsoleto!

— Você está ótimo! A mesma cara! Não mudou nada! Que anda fazendo?

— Empadas! Fazendo empadas!

— Tá trabalhando na padaria?

— Tô trabalhando na casa da dona Aurora e do Tavinho e...

— Peraí! Tavinho, irmão da Patrícia, noiva do meu primo?

Plínio fez que sim.

— Eu estive na casa deles outro dia e não vi você!

— Viu, sim! Eu vi você! Vi!

— Você me viu? Como não vi você?

— É que eu ainda era um anão.

A cabeça de Barbas deu um nó.

— Aquele anão era você? Não acredito! Por que deixou de ser? Você estava um anão perfeito!

— Não estava? Estava sim. Estava mesmo!

— Estava fantástico! Pensei até em convidar você para trabalhar na minha peça da *Branca de Neve*. Só tenho seis anões.

— Pode convidar. Pode.

— Mas será que a família vai permitir?

— Eles só me querem como robô. Eu só me quero como anão.

E repetiu um trecho da sua "história":

— Meus pais eram altos, meus irmãos são altos e eu nasci tão pequenininho.

— Então vamos lá falar com o pessoal — fez uma pausa. — Eles vão liberar você! Vão sim!

Barbas não disse, mas pensou: se não liberarem, vou contar para nossos ex-companheiros da FLHU que Barata tem um robô de estimação!

— Vamos lá! — insistiu o ex-gerente.

— Agora não. Não posso. Estou ajudando o pai de Tavinho no concurso. Ele quer virar robô!

Barbas soltou uma sonora gargalhada. Quer dizer que Barata não somente tinha um robô em casa como queria virar um deles! Quem diria! Fosse outra pessoa, Barbas não ficaria surpreso. Conhecia centenas de casos de gente interessada em virar autômato. Deu um cartão de visitas a Plínio e pediu para procurá-lo depois que Barata virasse robô.

— Vou fazer de você o anão de maior sucesso no país.

Despediu-se dizendo que precisava acertar umas contas com o primo Rolando. Antes de dobrar a esquina, gritou para Plínio:

— Não vai sumir de novo!

33

Barata passava os dias em casa e no curso com a cara enfiada nos livros e nas apostilas. O concurso incluía provas práticas e teóricas, e o número de candidatos, segundo a imprensa, ultrapassava todas as expectativas. A montadora já havia reservado o Maracanã para a realização do exame.

O regulamento do concurso previa, além da admissão dos robôs, uma cota de dez vagas para *robuns*, cidadãos meio humanos, meio autômatos. Os *robuns* surgiram por causa da proliferação dos robôs. Forma-

vam uma espécie de comunidade alternativa — como os *hippies* e os *punks* — e eram olhados como uns malucos logo que surgiram, mas com o tempo passaram a ser olhados com a mesma naturalidade que os robôs.

Na verdade, a expansão da automação provocou uma completa inversão de modelos. Se quando apareceram — lá pelos anos 1980 — os robôs humanoides se inspiravam nos seres humanos, agora eram as pessoas que, por modismo ou para garantir um emprego, tentavam imitar os robôs.

Durante duas horas todos os dias, Plínio sentava-se com Barata (na realidade só o ex-metalúrgico se sentava, porque robô não gosta de se sentar) e lhe tomava as lições.

— Se algo interromper a tarefa de um robô, o que ele deve fazer? O quê?

Barata pensava um pouco e mandava sua "decoreba":

— Deve replanejar o processo, iniciando um novo plano de ação. Para abortar o plano, caso haja situações imprevistas, é aconselhável ter também um programa de *backup*.

— Muito bem! Agora me diz: qual a principal diferença entre a lógica *fuzzy* e as redes neurais?

— Essa é fácil — disse Barata, vaidoso. — Na lógica *fuzzy* os robôs trabalham com um conjunto inalterável de conhecimentos. Nas redes neurais eles vão acumulando novos conhecimentos ao longo do tempo. As redes neurais são ferramentas que imitam o cérebro humano e permitem aos robôs aprender.

— Excelente! Para encerrar por hoje: por que os robôs não conseguem pensar como os seres humanos?

— Porque os programas de computador seguem processos lógicos e as pessoas nem sempre agem assim.

— Que mais?

— Os programas que simulam o conhecimento humano desconhecem como as pessoas tomam decisões e não consideram fatores orgânicos, como o estresse, o cansaço e as emoções.

— Ótimo! O senhor, em tese, já é um robô! Já é!

Só em tese. Na prática, as dificuldades de Barata pareciam intransponíveis. Como conter ou anular emoções, sensações e sentimentos? Aquele era o grande "xis" da questão, um abismo que sempre separara os robôs dos humanos e vice-versa.

Plínio botava Barata para assistir uma telenovela ligado a um detector de emoções (que podia ser adquirido em qualquer papelaria e era muito mais barato que um detector de mentiras). Ao final do capítulo, verificava o gráfico da engenhoca.

— O senhor está com uma taxa de 83 emos (unidade de medida da emoção). Muito alta! Precisa diminuir essa emoção!

— Como? Não consigo ficar indiferente a essa choradeira na novela.

— Tem que conseguir! Tem que conseguir, se quiser ser um robô!

Barata era um tipo emotivo. Seu índice de emos era mais alto do que sua taxa de açúcar no sangue. Ele se esforçava, porém, para conter seus impulsos e se comportar como uma máquina. No casamento da filha teve um desempenho exemplar — do ponto de vista dos robôs. Não mexeu um único músculo da face, não demonstrou qualquer sentimento. João Lopes, mesmo combalido pela perda da sua paixão recolhida, chegou a comentar com Tavinho a expressão pétrea no rosto do pai. Os convidados aproximavam-se de Barata:

— Queremos cumprimentar o pai da noiva. Parabéns!

— Que é parabéns? Que é?

— Deve ser uma emoção muito grande, não?

— Meu nome é Antonio Barata!

Definitivamente ele estava decidido a recuperar seu emprego pela porta da robótica. Reduziu a alimentação, suas idas ao banheiro, a ingestão de remédios, os carinhos em Aurora, a crença em Deus; enfim, reduziu todas as "fraquezas" de ser humano. Só não conseguia reduzir sua sensibilidade à dor.

— Tira o sapato e dá um chute na parede! Na parede! — ordenava Plínio.

Barata balançava a perna e soltava o chute. Conseguia segurar o grito por dois segundos e logo explodia num urro monumental, pulando num pé só.

— Assim o senhor não vai passar no concurso. Não vai. Tenta de novo!

— Posso usar o outro pé?

34

Na véspera da primeira prova, depois de preparar algumas "colas" para Barata, Plínio deu por encerrada sua permanência na casa. Pegou suas roupinhas, os retalhos de látex, a dentadura e a face humana que estavam guardadas no quarto do garoto e, aproveitando que todos estavam na festa do casório de Pat, saiu de mansinho. Nenhuma culpa, nenhuma emoção, nenhum bilhete de despedida.

Quando abriu a porta, viu Tavinho, que retornava mais cedo a casa. O menino não percebeu nada de novo na expressão do robô (e não havia mesmo!) e, como de costume, lançou seu desafio:

— Vamos jogar xadrez, Plínio?

— Xeque-mate!

Tavinho estranhou a resposta e só então percebeu a mochila. Assustou-se:

— Que é isso? Vai viajar?

— Tô indo!

— Tá indo embora?

— Fui!

— Que papo é esse, Plínio? Sua vida é aqui!

— Foi!

— Você não gosta mais da gente?

— O que é gostar? Vocês falam tanto! O que é?

— É o que todos nós sentimos por você: amor, atenção, carinho...

— Eu também queria gostar de vocês. Queria mesmo!

— Robôs não sentem essas coisas, Plínio.

— Mas anão sente!

— Anão era só um disfarce.

— Disfarce pra vocês! Para um robô obsoleto era uma vida nova!

— Fica, Plínio! Fica! — implorou o menino.

— Tenho que ir!

— Poxa, Plínio! Não faz isso! Fica!

— Eu vou! — E começou a cantarolar como os anões de Branca de Neve: — "Eu vou / eu vou / pra casa agora eu vou / eu vou...".

— Sua casa é aqui! Fica! Vamos sentir muito sua falta! Eu, mamãe...

— Outro robô virá para fazer as empadas!

— Não igual a você!

— Vocês não entenderam... tô indo! Fui! Adeus!

Tavinho abraçou-o e pela primeira vez Plínio não permaneceu imóvel e indiferente. Para surpresa da Ciência, moveu os braços e correspondeu ao abraço. Já no portão, ao último aceno, uma lágrima rolou de seu rosto metálico.

Quanto a Barata, não passou no concurso (foi reprovado na prova de resistência à dor), mas voltou a trabalhar e a garantir o sustento da família. Suas empadinhas faziam o maior sucesso.

sinal aberto

Bate-papo com

Carlos Eduardo Novaes

A seguir, conheça mais sobre a vida, a obra e as ideias do autor de A lágrima do robô.

NOME: **Carlos Eduardo De Agostini Novaes**
NASCIMENTO: 13/8/1940
ONDE NASCEU: Rio de Janeiro (RJ)
ONDE MORA: Rio de Janeiro (RJ)
QUE LIVRO MARCOU SUA ADOLESCÊNCIA: as obras da coleção do Sítio do Pica-Pau Amarelo, de Monteiro Lobato.
MOTIVO PARA ESCREVER UM LIVRO: vencer a timidez e botar para fora minhas ideias e fantasias.
MOTIVO PARA LER UM LIVRO: ter o prazer de transformar palavras em imagens.
PARA QUEM DARIA SINAL ABERTO: para os jovens capazes de desligar a televisão e/ou computador para ler um livro.
PARA QUEM FECHARIA O SINAL: para os jovens que trocam o prazer de ler um livro pelas horas diante da televisão e/ou computador.

Perseguir o humor em qualquer gênero

Carlos Eduardo Novaes é um dos maiores nomes do **humor** no jornalismo brasileiro. E foi a partir dos textos reproduzidos em jornais do Brasil e do exterior que esse carioca chegou à literatura. Atento ao que acontece no cotidiano de todos os brasileiros, escreve contos, romances e crônicas. Textos em que nunca faltam **crítica social** e **altas doses de diversão**.

Antes de se dedicar à escrita, ele se formou em Direito, foi conservador de museu, agente rodoviário, funcionário público, dono de dedetizadora e sócio de — **olha que delícia!** — uma fábrica de sorvetes. Novaes é ainda dos autores brasileiros mais queridos pelos jovens, que foram conquistados pelo esperto **Tavinho**, personagem de *O menino sem imaginação*, que volta em *A lágrima do robô* protagonizando uma grande confusão.

Para Novaes, o importante dessa história futurista é **valorizar a amizade** (mesmo que seja com um robô!) e não deixar nunca de rir. Conheça mais sobre o livro e o autor na entrevista a seguir.

Em vez de começar o livro com "Era uma vez...", como a maioria das histórias, você usa "Será uma vez...". Por quê?

Por uma razão muito simples: minha história se passa no futuro. Não tive qualquer intenção de parecer original. A frase tradicional ("Era uma vez...") me veio à cabeça porque o projeto inicial era escrever um livro infantil, gênero que se tornou um desafio para mim. Mas, "ao correr da pena", fui percebendo que ainda não seria dessa vez que conseguiria vencer o desafio. O texto e a trama estavam muito mais próximos de uma obra juvenil.

Você gosta de histórias fantásticas?

Se, por histórias fantásticas, você entende algo quimérico, que não tem existência real, posso adiantar que essa não é minha praia. Minha imaginação está completamente comprometida com a realidade. Mesmo quando crio um robô (uma fantasia), integro-o ao real, ao social, à vida entre os homens. O que quero dizer é que meus personagens irreais não estão a serviço do fantástico, mas envolvidos nos dramas e comédias da existência humana.

No livro, você mistura ficção científica, mistério e até romance. Gosta de ler livros de todos esses gêneros?

Gosto mesmo é de perseguir o humor e o cômico, seja lá em que gênero for. Não sou um leitor de livros de mistério e juro que, ao começar a escrever *A lágrima do robô*, não tinha ideia de que ia criar uma situação de romance policial. Muito menos imaginava uma vertente romântica. A intenção era apenas contar a história de um robô que toma o lugar de um ser humano em uma fábrica. Essas situações – que enriqueceram o livro – foram surgindo "a pedido" da trama. Se minha imaginação não estivesse em condições de atender a esse "pedido", talvez o livro não chegasse ao fim.

Qual é a importância do humor para você?

O homem é o único animal que ri. Acho que devemos aproveitar esse privilégio. O humor se adapta perfeitamente à minha visão crítica da vida. Em vez de criticar pelo drama, critico pela comédia. Conhece aquela frase latina *castigat ridendo mores* (rindo castiga os costumes)? É isso aí!

A substituição de trabalhadores por máquinas nas fábricas é uma questão importante para você?
É importante para mim, mas deve ser mais importante para os trabalhadores que se sentem ameaçados. No meu caso, me considero a salvo porque os robôs jamais substituirão criadores e ficcionistas. Mas, como ser social, me preocupa sempre o desemprego. Ainda não foi feita uma pesquisa para saber quantos trabalhadores já foram substituídos por robôs (ou, se foi feita, não foi divulgada). No dia em que esses números vierem à luz vai ser um susto. Não é pouca coisa.

A Robótica e o trabalho

A tecnologia que desenvolve robôs é chamada de robótica. Ela envolve outras ciências (Mecânica, Elétrica, Eletrônica e Computação) e cria sistemas mecânicos automáticos controlados por computadores. No setor industrial, os estudos dessa área visam o aumento da produtividade e a redução de custos, especialmente de ordem trabalhista (pagamento de fundo de garantia, seguro-saúde etc. a empregados). Ao mesmo tempo, a substituição de trabalho humano por máquinas aumenta o desemprego e causa graves problemas sociais.

Você acredita que nós, humanos, poderemos um dia ter amizade com robôs e androides, como Plínio e Tavinho?
Nós, humanos, podemos desenvolver um sentimento de amizade por qualquer coisa. Tenho uma conhecida que é amicíssima de uma samambaia. Cuida dela, conversa com ela como se fosse uma pessoa. No caso de robôs e androides, a amizade também é complicada porque, como as samambaias, eles não têm sentimentos. Sem sentimentos não há troca. Sem troca, chega um dia em que não aguentamos mais dar sem receber. Podemos gostar de um autômato como as crianças gostam de um ursinho de pelúcia ou de uma boneca. Nada mais que isso.

Você teria um robô em casa?
Sem dúvida! Quando os robôs se popularizarem tanto quanto os celulares (que não uso), serei um dos primeiros a comprar um. Teria um robô de serviço, que cumprisse as tarefas domésticas que detesto realizar. Que maravilha será ter um robô que todos os dias arrume minha cama, pregue quadros na parede, lave pratos e panelas e vá à feira. Vou ficar mais feliz

ainda se ele souber fazer umas empadinhas!

Será que um dia os seres humanos, assim como Barata, vão fazer guerra contra os robôs?

Na Inglaterra, no início da Revolução Industrial (séc. XIX), os homens atacavam as máquinas que os estavam levando ao desemprego. Uma guerra entre robôs e humanos é pura ficção. Os robôs – como as máquinas, no passado – dependem do manejo dos homens. Mas, se os robôs começarem a provocar muito desemprego, não duvido nada que os homens comecem um quebra-quebra, como conto no livro.

Por que você resolveu "repetir" o personagem Tavinho nesse novo texto?

Bem, eu precisava criar um menino "para ficar amigo do robô". Nem precisei pensar muito para escolher Tavinho. Por quê? Porque já o conhecia de outro livro, *O menino sem imaginação*. Como um diretor de cinema, escolhi o mesmo "ator" para trabalhar. Mas não foi só ele. A irmã, Patrícia, formada em Psicologia e bem mais velha do que Tavinho, também foi "contratada" para essa obra. Não duvido nada que Tavinho volte no próximo projeto literário. Quanto mais o conheço, mais ele me ajuda a escrever o livro. Daqui a pouco, vou acabar acreditando que Tavinho existe.

Qual a importância, no livro, de Barata, o pai de Tavinho, que perde o emprego por causa dos robôs e se transforma em um homem revoltado?

Barata não é um homem revoltado. Ele apenas detesta robôs porque atribui a eles seu desemprego. Na minha opinião, Barata é o principal personagem (humano)

Inteligência artificial

Plínio é um robô muito complexo, mas em muitas situações não consegue pensar sozinho. Um dos mais recentes campos de estudo da ciência é justamente esse: a Inteligência Artificial (IA). Começou depois da Segunda Guerra Mundial e pretendia reproduzir o pensamento humano, ou parte dele, por meio de tecnologia. Um de seus primeiros e mais conhecidos desenvolvimentos são os programas de jogo de xadrez, que acabaram por vencer o raciocínio humano. As questões éticas por trás das pesquisas de IA foram retratadas no filme *AI - Inteligência artificial*, de Steven Spielberg, em 2001.

do livro. Ele é o contraponto do robô. Experimente eliminá-lo da trama! A história desaba, porque toda boa história precisa de um conflito e Barata é o agente do conflito. Aprendi escrevendo uma telenovela que "o amor que dá certo na vida, não dá certo na novela". É preciso um elemento de intriga, de discussão, que faça a história "andar" – isso se chama dramaturgia. O que faz a história do livro andar é exatamente o conflito que se estabelece a partir da raiva de Barata pelos robôs. Barata é um personagem mais importante do que Tavinho. Tanto que o livro termina com ele.

O que há de parecido entre *O menino sem imaginação* e *A lágrima do robô*, além do Tavinho e da Patrícia?

No livro anterior, Tavinho era um menino sem imaginação. Nesse, a imaginação (o robô) está de braços dados com Tavinho. Fora isso, não há nenhuma semelhança entre os dois Tavinhos. É outro "filme". Mas os dois livros têm algo muito importante em comum. Em ambos, o cenário principal é uma residência e a trama se desenvolve à volta de uma família com seus problemas, suas aflições, suas alegrias, suas discussões... Enfim, uma família como a sua, como a minha, como a do vizinho... Com a pequena diferença de que, em vez de um gato, um cachorro ou um papagaio, essa família convive com um robô.

Obras do autor

PELA EDITORA ÁTICA

Capitalismo para principiantes (com Vilmar Rodrigues, interesse geral, 1983)
A travessia americana (crônicas, 1984)
Homem, mulher & cia (crônicas, 1987)
A próxima novela (romance, 1988)
A cadeira do dentista (juvenil, 1994)
Casé, o jacaré que anda em pé (juvenil, 1994)
É dando que se recebe (interesse geral, 1994)
O menino sem imaginação (juvenil, 1995)
Sexo para principiantes (interesse geral, 1996)
História do Brasil para principiantes (com César Lobo, interesse geral, 1997)
O imperador da Ursa Maior (juvenil, 1999)
Cidadania para principiantes (com César Lobo, interesse geral, 2002)

POR OUTRAS EDITORAS

O caos nosso de cada dia (crônicas, 1974)
A travessia da via crucis (crônicas, 1975)
Cândido Urbano Urubu (novela, 1975)
Os mistérios do aquém (crônicas, 1976)
Juvenal Ouriço, o repórter (crônicas, 1977)
O quiabo comunista (crônicas, 1977)
Chá das duas (crônicas, 1978)
A língua de fora (crônicas, 1979)
O balé quebra-nós (crônicas, 1979)

A cadeira do dragão (crônicas, 1980)
Democracia à vista (crônicas, 1981)
Mengo, uma odisseia no Oriente (novela, 1982)
Crônica de uma brisa eleitoral (crônicas, 1983)
O estripador das Laranjeiras (contos, 1983)
Deus é brasileiro? (crônicas, 1984)
O day after dos cariocas (crônicas, 1985)
Na república do jerimum (crônicas, 1986)
Confidências de um espermatozoide careca (teatro, 1986)
O cruzado de direita (crônicas, 1987)
O país dos imexíveis (crônicas, 1990)